Robert Gernhardt

Meer von Robert Gernhardt

marebuchverlag

Die Deutsche Bibliothek – CIP-Einheitsaufnahme.
Ein Titeldatensatz für diese Publikation
ist bei der Deutschen Bibliothek erhältlich.

1. Auflage 2002
Lizenzausgabe mit freundlicher Genehmigung
der S. Fischer Verlag GmbH, Frankfurt am Main

Umschlaggestaltung Ⓢ sans serif, Berlin,
unter Verwendung einer Zeichnung
von Robert Gernhardt
Typografie Farnschläder & Mahlstedt, Hamburg
Herstellung Jan Enns, Wentorf bei Hamburg
Redaktionsassistenz Nina Westphal, Ahrensbök
Schrift Adobe Garamond und Linotype Syntax
Druck und Bindung Clausen & Bosse, Leck
Printed in Germany
ISBN 3-936384-03-7

www.marebuch.de

marebibliothek

Geschichten vom Meer

Herausgegeben von Denis Scheck

Band 4

Meinen Brüdern Per und Andreas,
die mit mir die Liebe zu den Küsten
und zur Mutter teilen.

Muttchen, komm bald wieder

Am 1. September 2001 veröffentlichte die «Ostsee-Zeitung» einen Beitrag, der folgendermaßen überschrieben war:

97-jährige Urlauberin steuert Segelboot
Vor 77 Jahren hatte die Frau das Kapitänspatent gemacht

Der Artikel stammte aus der Feder von Beluga Post, und er begann mit Worten:

Die alte Dame strahlte über das ganze Gesicht, als sich der Wind der Wismarbucht in den roten Segeln fing und das alte Plattbodenschiff ‹Tilikum› Fahrt aufnahm.

Ruth Gernhardt, 97, entert den 10-Meter-Oldtimer «Tilikum».

Das alte Plattbodenschiff «Tilikum» wird von Ruth Gernhardt sicher durch die Wismarer Bucht gesteuert.

Der Wismarer Immobilienmakler und «Tilikum»-Eigner Norbert Schäfer trat zur Seite und bat Ruth Gernhardt an die Pinne.

Erraten – die »alte Dame« war meine Mutter, und der Eigner des Bootes wußte, was er tat, als er seinem Gast das Steuer überließ: Die beiden kannten einander vom Vorjahr. Da bereits hatte er davon erfahren, daß die Urlauberin fünfzig Jahre zuvor das letzte Mal eine Pinne geführt hatte, da schon hatte er ihr den «Platz hinter dem Kompaß» übergeben, um sie das 10-Meter-Boot einige Seemeilen weit in Richtung Wohlenberger Landspitze steuern zu lassen, und nun war es wieder soweit:

Ruth Gernhardt am Steuer des unter vollen Segeln fahrenden Zeesenbootes «Tilikum».

Zum Abschluß des diesjährigen Poel-Urlaubs gönnte sich die Dame einen erneuten Törn.

Bei «bestem Segelwetter» habe die «rüstige Seniorin» das «unter vollen Segeln fahrende Zeesenboot» einwandfrei durch die Ostsee gesteuert – und damit könnte die Geschichte bereits schließen, wäre sie lediglich eine anrührende Anekdote, reif für das Guinnessbuch der Rekorde.

Doch dieser Eindruck trügt. Nicht am Ende einer Geschichte befinden wir uns, sondern mitten; im Zentrum einer konfliktgeladenen Dreiecksgeschichte, gebildet aus der mythenträchtigen Trias Meer, Mutter und Sohn.

Eine Geschichte, die normalerweise etwas anders erzählt wird, als ich sie erlebt habe. Deutsche Bühne, deutscher Film und deutscher Schlager haben dafür gesorgt, daß zwei Rollen sich dem öffentlichen Bewußtsein eingeschrieben haben: die des Jungen, der unbedingt zur See fahren will, und die der Mutter, die das zu verhindern trachtet.

Ich weiß noch, wie die erste Fahrt verlief.
Ich schlich mich heimlich fort, als Mutter schlief.
Als sie erwachte, war ich auf dem Meer.
Im ersten Brief stand: Komm bald wieder her!

Bilderbuchhaft haben Walter Rothenburg (Text), Lothar Olias (Musik) und Freddy Quinn (Gesang) die uns vertraute Konstellation auf den Punkt gebracht:

Junge, komm bald wieder,
bald wieder nach Haus.
Junge, fahr nie wieder,
nie wieder hinaus.
Ich mach mir Sorgen,
Sorgen um dich.
Denk auch an morgen,
denk auch an mich.

Ganz anders in meiner Familie. Da war es die Mutter, die bereits in jungen Jahren die See befahren hatte; da war sie es, die dem heranwachsenden Sohn unverblümt das Gefühl vermittelte, er sei leider etwas aus der Art geschlagen: Was ein richtiger Junge ist, der geht doch zur See – aber halt!

Nicht als Seemann wollte mich meine Mutter sehen, aber doch als einen Mann, der ihre Liebe zum Meer im Herzen teilte und in Taten fortführte.

Wie aber hätte ich ihr diesen Wunsch jemals erfüllen können, ich, der ich doch als denkbar meerferne Landratte aufgewachsen bin – ganz im Gegensatz zu meiner Mutter?

Nun gut – sie hat mich 1937 dort geboren, wo auch sie im Jahre 1904 das Licht der Welt erblickt hatte, in Reval, der Hafenstadt und Hauptstadt Estlands, heute Tallinn.

Doch während meine Mutter bis zu ihrem 35sten Lebensjahr Küstenbewohnerin blieb, wurde ich bereits im Alter von zwei Jahren vom Meer entfernt und dem Meer entfremdet. Zuerst gelangte ich zusammen mit all den anderen «Heim-ins-Reich»-gerufenen Balten nach Posen, heute Poznań, dann, im Verlauf einer mäandernden Flucht, nach Göttingen; bis ich mich schließlich – nach dem Besuch so binnenländischer Studienorte wie Stuttgart und Berlin – im nicht minder landrattenhaften Frankfurt/Main niederließ.

Dort lebe ich seit dem Jahre 1964, unterbrochen durch Arbeitsplatzverlegungen in die Toskana. Das ist ein Landstrich, der ja durchaus an ein Meer grenzt, ans Tyrrhenische, nur nicht gerade dort, wo ich hin und wieder zu Hause bin, am Rande des Chianti. Mitten in Italien also, rund 150 Kilometer sowohl von der adriatischen wie von der tyrrhenischen Küste entfernt – und sehr viel seeferner kann man auf dem mittelmeerumspülten Stiefel schwerlich hausen.

Nicht, daß ich das Meer absichtlich gemieden hätte! Da es nicht zu *mir* kam, suchte *ich* es auf. Die Nordsee bei Juist und die Ostsee im Finnischen Meerbusen, die südliche See rund um die indonesischen Inseln und den Atlantik bei Fort Lauderdale – und wann immer ich auf ein Meer traf, ging ich auch ins Meer, und sei es lediglich deshalb, um später sagen zu können, ich sei drin gewesen. Selbst in dem 12 Grad kalten Pazifik bei Vancouver Island bin ich vor den Augen der ungläubigen Zeugin L. kurz, aber ostentativ untergetaucht, und aus dem Mittelmeer gar wäre ich beinahe nicht wieder aufgetaucht. Das geschah am Strand von Castiglioncelli während einer Kunstreise im Jahre 1956. Der

Schauplatz war eine sandige Bucht, links schroff von Felsen begrenzt, rechts weit und sanft ausschwingend. Rote Fahnen hatten meinen Malerbruder Per und mich davor gewarnt, uns an der felsnahen Stelle ins aufgebrachte Meer zu stürzen, doch da sich zur Rechten weit entfernte Badende offenbar ohne Schwierigkeiten in der Brandung tummelten, glaubten wir, die Warnsignale nicht ernst nehmen zu müssen.

Wir wurden bald eines Besseren belehrt, ich noch nachdrücklicher als mein sowohl jüngerer wie auch athletischerer Bruder. Kaum hatten wir uns in die Wellen geworfen, als uns auch schon ein Sog erfaßte. Die gleiche Drift, welche die fernen Badenden zuverlässig wieder ans Land zurückwarf, zog uns nach vollzogenem Halbkreis ins offene Meer; im besten der Fälle würde sie uns auf die von donnernden Brechern umspülte Felsenregion zur Linken zutreiben.

Uns? Anfangs ereilte meinen Bruder und mich der gleiche Schrecken: Wir verloren beide den Boden unter den Füßen, wir spürten beide den gewaltigen Sog des Wassers; beide begriffen wir, daß wir gegen ihn ankämpfen mußten, um wieder Land zu gewinnen. Nur daß mein Bruder den rettenden Strand aus eigener Kraft erreichte, während ich eine alarmierende Erfahrung machen mußte: Meine Kräfte reichten lediglich dazu aus, auf der Stelle zu treten. «Kräfte», die bald erschöpft sein würden, während die Kraft des Meeres ungebrochen zog und sog – dem Augenblick des begreifenden Erschreckens folgte die schreckliche

Einsicht, daß ich einen aussichtslosen Kampf kämpfte, dessen Ende mir lediglich die Wahl lassen würde zwischen Ertrinken oder Zerschellen.

Aber da gab es noch, von mir bis zu diesem Moment unbemerkt, die Männer der Küstenwacht, italienische Rettungsschwimmer, die alarmiert von ihren Aussichtsposten herabsprangen, sich ins Meer stürzten, mir einen Rettungsring entgegenwarfen, mich an Land zogen, um mir dort, begreiflicherweise, Vorhaltungen zu machen, Mahnungen, die ich verständlicherweise teils schuldbewußt bestätigte – «Si, si – avete ragione!» –, teils als einschneidende Erfahrung verbuchte: «No, no – non lo faro piu.»

Und so geschah es. Doch damit nicht genug. Jahre später lehrte mich ein Gespräch, die tückische Bucht von Castiglioncelli als wahrhaft dämonischen Ort zu begreifen.

Seit dem 1. April 1964 arbeitete ich in Frankfurt als Redakteur der satirischen Zeitschrift *pardon*; damals sammelte sich rund um das Blatt der harte Kern dessen, was heute als Neue Frankfurter Schule figuriert: F. W. Bernstein, Chlodwig Poth, Hans Traxler und F. K. Waechter. Mit allen verband mich Freundschaft, gemeinsames Tun und gemeinsame Gespräche.

Irgend jemand hatte das Thema «Todesgefahr» aufgebracht, und Hans Traxler erzählte, er wäre einmal beinahe ertrunken.

– Ach ja? Wo denn?

– In einer Bucht im Tyrrhenischen Meer. Wie hieß der Ort noch mal?

– Etwa Castiglioncelli?

– Ja genau. Wie kommst du denn darauf?

Das war ebenso rasch klar wie die Tatsache, daß Hans Traxler an der gleichen Stelle auf die gleiche Weise wie ich in Lebensgefahr geraten und daraus errettet worden war, allerdings einige Jahre vor meinem Abenteuer.

Unglaublich! Die Zuhörenden senkten betroffen die Köpfe. Zu denken, daß die gierige See an gleicher Stelle gleich zwei Säulen der nachmaligen NFS in die Tiefe gerissen hätte. Noch bedenklicher aber die Tatsache, daß dem Mittelmeer schon deshalb jedes Unrechtsbewußtsein hatte fehlen müssen, weil weder Traxler noch ich zum fraglichen Zeitraum irgend etwas veröffentlicht oder öffentlich gemacht hatten, nicht komische Grafik, nicht ernste Ölbilder, keine Gedichte, kein Kinderbuch: Namenlose wären dahingerafft worden, keiner hätte uns nachgerufen, niemand sich des Unglücksortes erinnert.

Wen die Götter lieben, den nehmen sie früh zu sich –? Aber bitte nicht zu früh. Keine dreißig Jahre alt war der englische Dichter Percy Bysshe Shelley, als er 1822 bei Viareggio ertrank. Die Ursache war ein Unfall des begeisterten Seglers, doch er und seine mit ihm reisenden Dichterkollegen, allen voran der nur wenig später in Griechenland verstorbene Lord Byron, hatten immerhin die Zeit gehabt, unsterbliche Meisterwerke zu verfassen. Zuerst in England, dann in Italien, weshalb der Ort des Unglücks, der Golf von La Spezia, heute noch als «Golfo dei Poeti» bezeichnet wird, als Golf der Dichter also.

Welcher Name aber hätte der Bucht von Castiglioncelli geblüht, wäre es ihr gelungen, gleich zwei zwar vielversprechend verpuppten, jedoch noch längst nicht geschlüpften Zeichnern und Schreibern ein feuchtes Grab zu bereiten? «Golfo dei Tedeschi sconosciuti» – Golf der unbekannten Deutschen? Es ist schon ein rechtes Glück für alle Beteiligten, für Traxler, für mich und für die Bucht, daß obige Frage mangels ozeanischer Opfer obsolet ist.

Dafür steht eine andere Frage weiterhin im – nein, nicht Mittelmeer-, sondern im Ostseeraum: Wie konnte es geschehen, daß eine Tochter aus gutem Hause, Jahrgang 1904, in den zwanziger Jahren zur See fuhr? Richtiger gesagt: die Ostsee befuhr?

Alles begann während der Sommerferien des Jahres 1919 und mit einem Zentner Mehl. Soviel kostete es meine Mutter und ihre Zwillingsschwester Britta, für die Dauer der Ferienwochen ein Fischerboot zu chartern, um auf ihm unter Anleitung eines Onkels die Grundbegriffe des Segelns zu erlernen.

Eine Initiative, die den Vater der beiden, den Verlagsbuchhändler Arthur Ströhm, derart beeindruckte, daß er den Schwestern zum Abitur eine bereits etwas betagte Yacht schenkte. Sie hörte auf den Namen «Gudrun», und der gehörte zu den magischen Namen meiner Kindheit, obwohl – oder weil? – ich die so Benannte nie in Holz und Stoff kennengelernt habe.

Aber bleiben wir am Strand der baltischen Ostsee, verweilen wir vor der Yacht, die meine Mutter folgendermaßen charakterisiert: «Sie hatte den Schnitt eines Lotsenbootes, also ein schmales Heck, und sie besaß ein Top-Segel. Das machte sie zu einem guten Sportboot, aber zu einem mäßigen Regattaboot. Im Innern war Platz für drei Passagiere, doch manchmal fuhren wir auch zu viert.»

Zunächst jedoch waren Prüfungen zu bestehen und Ärgernisse zu überstehen. Um Mitglieder des Estländischen Yachtclubs werden zu können, mußten die Schwestern anhand des Logbuchs 2000 zurückgelegte Seemeilen belegen können – ein Sommer und ein des Segelns bereits kundiger Begleiter genügten ihnen, diese Zahl zu erreichen: Im Herbst des Jahres 1924 bereits konnten sie vor den Augen einiger gestrenger Herren des Yachtclubs die Prüfung ablegen, bei der es unter anderem auch die folgenden Aufgaben zu bewältigen galt: Tauchen, Rettungsschwimmen, Segelsetzen, Navigieren, Fahrt aus dem Hafen und in den Hafen, letzteres ohne Zuhilfenahme des Motors. Am guten Ende aber hielten die Zwillinge eine Urkunde in Händen, die ihnen neben dem Recht, auf Ostseefahrten einen Matrosen anzuheuern, auch einen Titel verlieh: das Kapitänspatent Ostsee.

Ärger aber gab es mit den «Kerlen», mit männlichen Yachtclubmitgliedern, als die beiden frischgebackenen Kapitäne darauf bestanden, an Bord Hosen tragen zu dürfen. Das war nach den Worten meiner Mutter noch nicht vorgekommen: «Erst als bei einer Regatta vor Reval eine französische Seglerin, Madame Heriot, startete und ebenfalls Hosen trug, gaben die Kritiker Ruhe.»

Rund vierzehn Jahre besaßen und bewegten Britta und Ruth die «Gudrun», vom hellen Jahr des Abiturs bis zum dunklen der Umsiedlung, 1939. In diesem Zeitraum, erinnert sich die Mutter, seien sie um die vierzigmal nach Finnland gesegelt; der wegen widriger Winde längste Törn sei der nach Stockholm gewesen. Zwei Wochen habe die Hinreise in Anspruch genommen, eine Woche die Rückreise; zudem hätten sie es versäumt, sich rechtzeitig im Stockholmer Yachthafen anzumelden. Daher seien sie im Schiffahrtshafen gelandet, in welchem sie den schikanösen Fragen der Schiffahrtsbehörde ausgesetzt gewesen wären: Ob sie Läuse hätten? Ob sie die Erklärung unterschreiben könnten, es habe kein plötzliches Verschwinden der Ratten von Bord gegeben?

Die Fahrten nach Helsinki und zurück hätten je nach Windverhältnissen pro Strecke acht bis vierundzwanzig Stunden gedauert; eine Fahrt sei ihr besonders im Gedächtnis geblieben. Zusammen mit dem Bruder Carl habe sie die Schwester Britta aus der finnischen Hauptstadt abholen wollen, die richtige Einfahrt in die vorgelagerten Schären aber wegen eines defekten Kompasses nicht finden können. Schließlich sei ihr nichts anderes übriggeblieben, als sich bei einbrechender Dunkelheit an Leuchtfeuern zu orientieren …

Staunend hörts der Sohn, der weder mit einem Kompaß geschweige denn mit Leuchtfeuern umzugehen wüßte, und es kommt noch abenteuerlicher. Von einem Herbst ist die Rede, in welchem die «Gudrun» von Kasperwiek in den hundert Kilometer entfernten Heimathafen Reval überführt werden sollte. Wegen schlechten Wetters hatten die Schwestern eine Übernachtung im Hafen von Logsa eingeplant, ein dort liegendes Boot mit angetrunken lärmenden Schiffern habe sie zur Weiterfahrt veranlaßt, zur Fahrt in die Dunkelheit, durch ein Gewitter und gegen ungute Winde: «Britta reffte die Segel, ich hielt, so gut es ging, Kurs und warnte sie, wenn mal wieder die gefürchtete ‹Neunte Woge› sich anbahnte.»

Die Neunte Woge! So hieß auch das wohl berühmteste Bild des fabelhaften russischen Marinemalers Iwan Aiwasowski. 1850 hatte er das packende Sujet auf mehrere Quadratmeter Leinwand gebannt: Schiffbrüchige, die sich an einen im Wasser treibenden Mast klammern, während sich im fahlen Meer so Gewaltiges wie Todbringendes auftürmt …

Anfang der siebziger Jahre hatten wir gemeinsam vor dem Bild gestanden, meine Mutter und ich, in der Leningrader «Russischen Galerie», und die virtuose Malerei hatte mich ebenso beeindruckt wie die Erklärungen, die meine Mutter zum Sujet abzugeben wußte: daß Wellen sich unter bestimmten Bedingungen mit mathematischer Regelmäßigkeit aufbauen, bis sie in der neunten Woge kulminieren, der größten und gefährlichsten …

Was die Mutter mir damals verschwiegen hatte, kam nun, gut dreißig Jahre später zur Sprache: daß sie im Verein mit der Schwester selber gegen diese Naturgewalt hatte ankämpfen müssen, eine ganze Nacht lang, bis sie es schließlich geschafft hatten, um vier Uhr morgens den Leuchtturm zu umrunden – da erst sei es wieder möglich gewesen, Segel zu setzen und mit halbem Wind in den Yachthafen einzulaufen, was ihnen denn auch um fünf Uhr in der Früh gelang. Die Seeleute hätten Anzeichen regelrechten Entsetzens gezeigt, als sie die beiden jungen Frauen aus dem Sturmdunkel auftauchen sahen. Na, und dann sei erst mal ein Cognac fällig gewesen …

– Nicht Rum? frage ich, da Lektüre mich gelehrt hatte, der Zuckerrohrschnaps sei das maritime Getränk par excellence.

Da schüttelt die Mutter den Kopf. Nein, Rum hätten sie nicht an Bord gehabt. Wodka – ja. Und Cognac immer.

– Alkohol am Steuer? versuche ich zu scherzen, doch die Mutter bleibt ernst: «Nie. Erst, wenn wir das Boot verankert und vertäut hatten. Am Steuer keinen Tropfen, du läufst ja schon nüchtern dauernd Gefahr, etwas falsch zu machen. Wenn das Segel anfängt zu klappern, machst du etwas falsch, und wenn sich hinterm Boot Lämmerschwänze bilden, dann –»

– Lämmerschwänze?

Das seien Schaumkronen, die dann entstünden, wenn das Steuer zu sehr hin- und hergerissen würde.

– Und? frage ich. Hand aufs Herz: Gab es hinter der «Tilikum» Lämmerschwänze?

«Es gab keine Lämmerschwänze», erwidert meine Mutter bestimmt.

Eine Weile hängen wir unseren Gedanken nach. Ich

versuche mir auszumalen, was wohl aus mir geworden wäre, hätte es nicht den Hitler-Stalin-Pakt gegeben, die Umsiedlung, die Flucht schließlich in immer binnenländischere Regionen –: Hätte ich, mütterlichem Beispiel folgend, zumindest die Anfangsgründe des Segelns erlernt? Gar eine vergleichbare Leidenschaft fürs Schwanken der Planken entwickelt? Oder wäre trotzige Ablehnung alles Maritimen die Folge gewesen? Gar ostentatives Bergkraxeln?

Müßige Fragen – zurück auf den in meinem Leben durchgehend flachen, dafür tragfähigen Boden der Tatsachen.

Obwohl ich all mein Lebtag niemals ein Ruder in der Hand gehalten habe, muß ich doch mit zumindest einem Tropfen mütterlich-maritimen Öls gesalbt worden sein. Davon zeugen zwei Bilder an meinen Wänden, beides sogenannte «Kapitänsbilder».

In Büchern erst, dann in Schiffahrtsmuseen war ich auf diesen Bildtypus aufmerksam geworden. Auf den ersten Blick hatten mich die Kunstfertigkeit der meist namenlosen Maler und die Überprüfbarkeit ihrer stets benannten Motive begeistert, im Verein mit dem magischen Realismus der voll aufgetakelten Segeln durch unterschiedlich wilde Meere gleitenden Schiffe.

1966, während einer Skandinavienreise, erwarb ich das erste der beiden Bilder. Es ist von einem Anonymus, der mit den Kürzeln KJBF signiert hat, im Jahre 1891 gemalt worden. Auf einer – laut Rückseite – Sackleinwand aus

Minneapolis ist in Öl die «Mc Dearmit» aus Glasgow dargestellt, ein Dreimaster, der mich 200 Mark und einige Mühe kostete: Ich reiste damals per Bahn und mit dem Zelt und hatte eigentlich schon genug zu schleppen. Doch wo ein Wille ist …

Der Käufer und das von kräftiger Naivität zeugende Bild jedenfalls überstanden die gemeinsame Reise nach Frankfurt unbeschadet. Dort fand das gute Stück Ende der Neunziger ein ungleich kunstvolleres und sehr viel teureres Gegenstück, erworben in – ausgerechnet! – Zürich.

H. Loos nennt sich der Maler, wohnhaft in Antwerpen, als er im Jahre 1870 den unter britischer Flagge segelnden Zweimaster «Agnes Fraser» in Essig und Öl auf hochwertige Leinwand bannte. Er tat es meisterlich. Während der Kapitän der «Mc Dearmit» von KJBF nicht viel mehr als die Anmutung seines Dreimasters bekommen hatte, konnte sich der Lenker der «Agnes Fraser» eine bis ins letzte Detail korrekte und zugleich malerisch beeindruckende Darstellung seines Zweimasters in die Kajüte hängen. Nun aber hängt sie bei mir, und es vergeht wohl kein Tag, an dem ich diesem belebenden Bild nicht einige Minuten kennerhafter Bewunderung erübrige: Wer selber einmal versucht hat, malend den Dingen auf den Grund zu gehen, der weiß, welche Schwierigkeiten es bereits bereitet, einen kleinen Alltagsgegenstand präzis wiederzugeben, ein Einmachglas zum Beispiel. Von einem Zweimaster ganz zu schweigen.

Einen Tropfen maritimen Öls erwähnte ich – er reichte

aus, mich zum virtuellen Seefahrer zu machen, er genügte aber auch, mir eindringlich vor Augen zu führen, was der Junge zeit seines Lebens der Mutter schuldig geblieben ist. Während es sie ins offene Meer gezogen hat, ins Element ohne Balken, habe ich das Meer stets vom sicheren Port aus geschätzt und geliebt, respektive vom Ufer aus, vom Strand aus, von der Küste aus.

Meer und Küste – der Mensch kann sie beide in Mitleidenschaft ziehen, und doch sind die Folgen seines Tuns unterschiedlich. Meer wie Küste kann der Mensch verschmutzen und verseuchen, die Küste aber kann er zudem versilbern, verbauen, verschandeln, verheeren, ja vernichten.

Ein altes Lied, in das jeder Reisende einzustimmen weiß, und auch ich möchte zwei unterschiedliche Strophen dazu beitragen, eine halbwegs tröstliche und eine trostlose.

Da es meine Mutter bereits mit jungen Jahren in die Ferne gezogen hat, legte sie auch mir keine Steine in den Weg, als sich bei mir frühe Reiselust regte. Ich war 15 Jahre alt, als ich mit dem zwei Jahre älteren Hans Anton Papendieck eine erste Tramptour und Kunstreise durch Südfrankreich und Norditalien unternahm, Mittelmeer inklusive. Und ich war um die Zwanzig, als wir beide erneut in den Süden reisten, diesmal auf einer gebrauchten Lambretta mit dem Ziel Griechenland.

Ende der 50er Jahre war es noch ein durchaus riskantes Unterfangen, dieses unwegsame Land auf dem Zweirad durchqueren zu wollen, dafür wurden wir mit dem Hochgefühl entschädigt, Abenteurer oder doch zumindest Entdecker zu sein.

Kein Reisebüro, keine Tourismuswerbung hatte uns auf all die Schönheiten vorbereitet, die uns allüberall begeisterten, uns und nur uns, da wir die einzigen Fremden auf weiter Flur zu sein schienen. Schönheiten ohne Zahl, und doch waren einige Momente einzigartiger und atemberaubender als andere.

So der Augenblick, als wir, von Nauplion kommend, auf dem Scheitelpunkt einer Anhöhe der Bucht von Tolon gewahr wurden. «Thalassa, thalassa!» rief Hans Anton aus, und so viel von griechischer Geschichte wußte auch ich, daß er mit dem Ruf «Meer, Meer!» den Jubel des zurückkehrenden mazedonischen Heeres wiederholte, das nach dem mühseligen Indienfeldzug Alexanders des Großen angesichts des Mittelmeeres wieder Hoffnung auf eine glückliche Heimkehr geschöpft hatte.

«Thalassa»: Die Bucht von Tolon lag menschenleer und makellos vor uns. Von Olivenhainen gesäumt zog sich der Strand bis hin zum kleinen namensspendenden Fischerdorf, unterbrochen lediglich von einer schlichten Fischerkneipe.

Wir schlugen unser Zelt unter Oliven auf, unweit eines Ziehbrunnens, und beschlossen, einige Tage an diesem fabelhaften Ort zu bleiben. Zeichnend, lesend und badend verging die Zeit; von einer Detonation angelockt, machten wir die Bekanntschaft griechischer Arbeiter, damit beschäftigt, eine weiterführende Straße in den Fels längs der Küste zu sprengen.

Warum sie sich während der Mittagspause nicht im Meer erfrischten, wollten wir vom Vorarbeiter wissen, doch der winkte ab: Das sei was für die Deutschen, nicht für die Griechen.

«Thalassa poli kala!» insistierten wir. «Meer viel gut», und wir taten es so lange, bis der Vorarbeiter urplötzlich sein Hemd abstreifte und sich, nur noch mit langer Hose bekleidet, ins Meer stürzte, wo er im flachen Wasser meergottgleich prustete und planschte und die applaudierenden Deutschen parodierte: «Thalassa poli kala!»

Es dauerte geschlagene zehn Jahre, bis ich die Traumbucht von Tolon wiedersah. Wieder kam ich von Nauplion, diesmal im eigenen Wagen, begleitet von Frau und Mutter. Beide hatte ich auf einen besonders schönen Ausblick vorbereitet, doch als wir die Bucht von Tolon im Abendlicht vor uns liegen sahen, blieb mir mein geplantes «Thalassa, thalassa» im Halse stecken: Voller Menschen der Strand. Zugeparkt der Straßenrand. Verschwunden die Oliven. Statt dessen eine Vielzahl eilig auf den Acker gestellter Gebäude – Souvenirläden, Pensionen, Bars, Restaurants und Hotels, bis hin zum fernen Ort Tolon.

Wir parkten ebenfalls, und eine Weile erging ich mich in Elegien – «Da! Neben diesem verrosteten Ziehbrunnen zwischen den beiden Bungalows, da haben wir damals gezeltet!» – sowie in bitterer Kulturkritik – «Was haben die Griechen bloß aus diesem Kleinod gemacht!» –, doch nach und nach legte sich mein Furor, hellte sich meine Stimmung auf.

All die Menschen, die sich an diesem milden Septemberabend am Strand tummelten, waren erkennbar Griechen der Gegend. Vor zehn Jahren hatten sie noch keine Möglichkeit gehabt, aus der Hafenstadt Nauplion zu einer abendlichen Erfrischung ins Fischerdorf Tolon rüberzurutschen. Damals bereits aber hatten fremde Reisende ihnen die Segnungen der Mobilität ebenso vor Augen geführt wie Badelust und Wasserspaß. Die hatten nun auch die Griechen erfaßt, wenn auch nicht alle in gleichem Maße. Die Älteren, zumal die Frauen, saßen vollständig bekleidet am Strand und sahen den Badefreuden der Kinder und Enkel zu. Ob auch Nachkommen des Vorarbeiters unter ihnen waren?

Zehn Jahre zuvor hatte ich die Bucht in unberührter Schönheit für mich alleine gehabt, doch wer war ich denn, den Griechen in Griechenland zu verdenken, daß sie rund um Tolon nicht alles so belassen hatten, wie ich es verlassen hatte: «Nur nichts verändern, sonst vergrämen wir womöglich den Gernhardt!» –?

Ich habe Tolon seither nicht wiedergesehen, und da mich nichts mehr an diesen Ort zieht, wird es vermutlich bei den beiden Besuchen bleiben.

Keine zehn Pferde aber werden mich ein drittes Mal nach Tazacorte bringen.

Tazacorte – so nennt sich ein kleiner Küstenort auf der Kanareninsel La Palma, und als ich den, dem Städtchen vorgelagerten, Strand zum ersten Mal sah, rieb ich mir die Augen: So etwas hatte ich noch nicht gesehen.

Die Vulkaninsel La Palma ist arm an schönen und leicht erreichbaren Stränden. Steil- und Steinküsten sind die Regel ebenso wie längere Autofahrten zu den raren Bademöglichkeiten. Wir hatten schon einige abgeklappert, bevor wir zum Strand von Tazacorte kamen. Wir wären mit dem üblichen schwarzen Sand und einigen schattenspendenden Felsbrocken zufrieden gewesen und fanden uns in einem Natur-Theaterraum wieder, der fürs Baden, Ruhen, Schauen, Lesen und Klettern wie geschaffen schien. Gleich einem abgestuft in die Tiefe stürzenden Wasserfall ergossen sich dunkle, wunderbar weich gerundete Felsen zum Strand, einige bis ans brandende Meer. Dort tummelte sich eine Horde fröhlicher Kinder; von einer höher gelegenen Felsterrasse schauten meine Frau und ich ihnen bei ihren zum Teil gewagten Spielchen zu. Eines bestand darin, im günstigen Moment einen etwa drei Meter hohen, aus dem Meer ragenden Felsen zu erreichen und zu erklimmen, und erst dann ins Wasser zu springen, wenn die kontinuierlich ab- und anschwellende Brandung ihren Höhepunkt erreicht und somit für genügende Wassertiefe gesorgt hatte.

Anfangs hielt ich den Atem an, wenn sich die braungebrannten Burschen ins Meer stürzten – der Mädchen wegen in möglichst grotesken Verrenkungen –, dann aber, als ich sah, daß sie ihrer Sache sicher waren, freute ich mich der schönen Stelle und an den unschuldigen Vergnügungen, die sie ermöglichte. Da wir uns vorsorglich mit Essen und Trinken eingedeckt hatten, konnten wir den ganzen Tag an diesem wundersamerweise büdchenfreien, ganz und gar naturbelassenen Ort bleiben, und wir schieden mit dem Vorsatz, wiederzukommen.

Zwei Jahr später, Anfang der 80er, war es soweit. Nun saßen wir zu viert im Mietwagen, und nachdem wir das Auto auf dem hochgelegenen Parkplatz neben der Straße abgestellt hatten, versicherten meine Frau und ich unseren mitreisenden Gästen – es waren meine Mutter und ihre Zwillingsschwester Britta –, sie würden sogleich etwas Außergewöhnliches zu sehen bekommen. Und so war es auch. Als wir uns anschickten, zum Strand hinunterzusteigen, rieb ich mir entsetzt die Augen: So etwas hatte ich wirklich noch nie gesehen! Das gestufte Naturtheater, den versteinerten Wasserfall, die wundersam weich fließenden Felsen – es gab sie nicht mehr!

Nur mit Mühe reimten wir uns zusammen, was da geschehen sein mußte: Um Material für einen die Hafeneinfahrt von Tazacorte schützenden Wellenbrecher zu gewinnen, hatte man die ganze einzigartige Szenerie in Stücke gehauen und abgetragen. Ungläubig wanderten unsere Blicke vom fern und weit ins Meer ragenden Damm zum nahen geschundenen Riesenloch, aus welchem man die Blöcke geschlagen hatte. Fassungslos versuchten wir den beiden Schwestern zu schildern, was da alles verschwunden war:

«Da links befanden sich die Felsterrassen. Weg, alle weg!

Und dort rechts ragte der Felssprungturm aus dem Wasser. Fort, alles fort!»

Nichts wie weg und fort also, um eine Freude ärmer und eine Erfahrung reicher: Es gibt wirklich nichts, wozu er nicht fähig wäre, der Mensch.

Aber genug der Reise durchs Meer meiner maritimen Vergangenheit! Zeit, das Steuer des Bootes «Erinnerung» herumzureißen, die Segel zu reffen und in beruhigter Bucht vor Anker zu gehen. Leuchtet vor mir nicht wie gerufen die Boje «Ende» auf? Es hat ganz den Anschein. Alsdann: «Petri Heil!» oder wie sich die Skipper sonst zu verabschieden pflegen. Nicht mit «Petri Heil»? Wie dann? Mit «Schot- und Mastbruch»? Na, dann eben Schot- und Ma–

Der Rest ist Schweigen. Wir werden leider nie erfahren, wie Skipper Gernhardt das Wort geendet hätte: Ma-stbruch? Ma-re? Oder Ma-ma? Sicher ist lediglich, daß sie ihn zum Schweigen brachte, die auch uns gleich das Wort abschneiden wird, sie, die finale Boje

ENDE.

Delphine hab ich nie besungen –
nicht einmal das ist mir
gelungen ...

Magritte am Meer

Magritte, der malt das Meer.

Viel gibt so'n Meer nicht her.

Doch da! Das schaut schon besser aus!

Stolz trägt Magritte sein Bild nachhaus.

Badefreuden

Strandbegegnung

Sommererinnerung

Hokusai

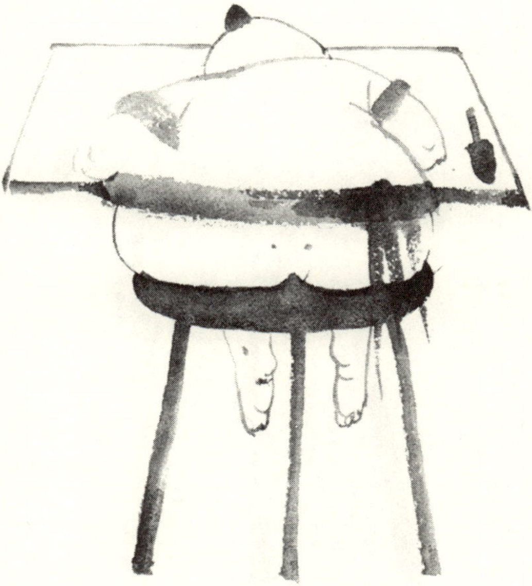

Hokusai, Gott soll ihn strafen,

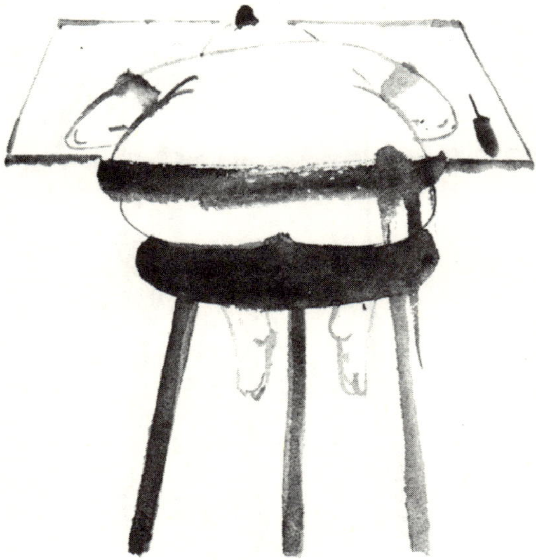

ist vorm Holzschnitt eingeschlafen.

Und in höchst verweg'nen Träumen

sieht er den Pazifik schäumen.

Aus dem Buch der Wandlungen

Lao-tschi pries einst das Wasser.

«Ich wüßte wirklich nicht, was ihm gleichkäme», sagte er. «Der Wein? Nein, der ist von anderem Geschmack und berauscht. Das Gras? Nein, es ist grün und oben spitz. Der Stein etwa? Nein, der ist rund, und man kann ihn wegwerfen. Der wilde Büffel? Nein, er rennt ziellos hin und her und kann mit dem Schwanze wedeln.»

Hierauf schwieg Lao-tschi eine Weile, worauf er erschöpft fortfuhr: «Ich könnte euch noch andere Beispiele nennen. Doch vielleicht glaubt ihr mir auch so, daß ich wirklich nicht weiß, was dem Wasser gleichkäme?»

«Aber ja!» riefen die Schüler, die nicht im mindesten daran gezweifelt hatten. «Aber ja! Und nun ruhe wieder ein wenig, Meister!»

Drei das Meer betreffende Nachrichten aus der Zeitschrift WimS («Welt im Spiegel»)

1.
Weil er vorsätzlich vorbeifahrende Segelschiffe mit «Aha» statt mit «Ahoi» begrüßt hatte, wurde dem Janmaat Pitter die Benutzung der 7 Weltmeere verboten.

2.
Eine Kreuzung zwischen Lachs und Luchs gelang dem Züchter Brosam. Sie kann kaum hören, aber nicht schwimmen und soll unter dem Decknamen Lauchs zu Zwecken der Umweltverschandelung eingesetzt werden.

3.
Der Fluch der bösen Tat ereilte den Seeräuber Sobireit ausgerechnet am Tag der bösen Flut, als ihn eine Wassermasse hinterrücks ganz naß machte.

Ebbe und Flut

In meinem Kopf herrscht Ebbe,
in meinem Herzen Flut.
Kann dir nur eines sagen:
Ich bin dir ja so gut!
Ich bin dir – ja! – so gut, so gut,
ich bin – ja! – dir so gut!
Ja! Dir bin ich so gut, so gut!
Ja! Ich bin dir so gut!
Ja, ja! Ich bin dir gut, so gut,
so gut, so gut, so gut –
in meinem Kopf herrscht Ebbe …

Stunde der Wahrheit

«Mütterlein, was wieg ich denn?»
«Siebentausend Pfund.»
«Mütterlein, wo lieg ich denn?»
«Auf dem Meeresgrund.»
«Mütterlein, was bin ich denn?
Bin ich gar ein Wrack?»
«Trine, was erzählst du denn?
Red nicht so ein' Quack!»
«Mütterlein, dann bin ich gar –»
«Sprich nicht weiter, Trine!»
«Mutter, mir wird alles klar,
ich bin eine – Mine!»
«Trine, still, was sagst du da!»
«Und wer bist du, Mutter?»
«Aber Kind, was fragst du da?»
«Du bist ein Computer!»
«Trine, sowas sagt man nicht!
Also diese Kinder!»
«Mutter, schau mir ins Gesicht –
ist das nicht ein Zünder?»
«Trine, nein! Das ist nicht wahr!»
«Mutter, sag mir eines –»
«Kind, ich schwör bei meinem Haar –»
«Mutter, hast ja keines!»
«Trine, bist mein Kind nicht mehr!»
«Mütterlein, verzeih mir!»

«Kind, wenn ich dein Vater wär'!»
«Mütterlein, bleib bei mir!»
«Trine, da du alles weißt –»
«Mütterlein, was weiß ich?»
«Sollst du wissen, wie du heißt!»
«Mütterlein, wie heiß ich?»
«Trinekind, du hattest recht!»
«Mütterlein, sprich schneller!»
«Mine – so heißt dein Geschlecht.
Und du selbst heißt – – Teller!»

Bilden Sie mal einen Satz mit …

visuell
Vi su ell die Sonne strahlt –
als würde sie dafür bezahlt.

pervers
Ja, meine Reime sind recht teuer:
per Vers bekomm ich tausend Eier.

Symbol
Herr Dschingis Khan, das tut man nicht,
daß man in fremdes Land einbricht.
Nu aber raus mit Ihren Horden –
Sie sym bol wahnsinnig geworden!

Garant
Der Hase trägt den Kopfverband,
seitdem er an die Wand garant.

Metapher
Herr Kapitän, der Steuermann
hat grade lallend kundgetan,
er brächte jetzt das Schiff zum Sinken –
me taph er wirklich nicht mehr trinken.

Umgang mit Tieren aus der Tiefe

Und es kommen Tiere aus der Tiefe,
Tiere, die, wenn man sie riefe,
schweigend in der Tiefe blieben,
nie gesehen, nie beschrieben:

Nur dein Rufen läßt sie schlafen.
Rufe! Schrei zum Steinerweichen!
Und du wirst den letzten Hafen
ohne Zwischenfall erreichen.

Ein Stranddeutt

Anna: Wind umfächelt unsre Leiber,
doch wo ist mein Kugelschreiber?
Bella: Ist er weg? Kann ich dir helfen?
Anna: Möglich. Hör: Das Ding war elfen-
beinern teils, teils rot,
länglich wie ein Sechspfundbrot –
Bella: So ein Otto? Du – sag bloß …
Anna: Ja, das Ding war riesengroß,
maß gut einen halben Meter …
Bella: Sooo ein Johnny?
Anna: Stimmt. Der Peter
schenkte ihn mir in Davos,
damals war der Teufel los –
Bella: Aber heut steh'n wir am Meer –
Anna: Darum muß der Schreiber her,
sonst geh'n unsre Urlaubsgrüße
Bella: In die Hüse …
Anna: Hüse?
Beide: Hose!

Schwanengesang

Was wollen die Schwäne uns sagen?
Wir leben und schweben
wir kreisen und weisen
wir finden und binden
wir ketten und retten
wir halten und walten
wir schlichten und richten
wir sind überhaupt ganz tolle Vögel –
das wollen die Schwäne uns sagen.

Folgen der Trunksucht

Seht ihn an, den Texter.
Trinkt er nicht, dann wächst er.
Mißt nur einen halben Meter –
weshalb, das erklär ich später.

Seht ihn an, den Schreiner.
Trinkt er, wird er kleiner.
Schaut, wie flink und frettchenhaft
er an seinem Brettchen schafft.

Seht sie an, die Meise.
Trinkt sie, baut sie Scheiße.
Da! Grad rauscht ihr drittes Ei
wieder voll am Nest vorbei.

Seht ihn an, den Hummer.
Trinkt er, wird er dummer.
Hört, wie er durchs Nordmeer keift,
ob ihm wer die Scheren schleift.

Seht ihn an, den Dichter.
Trinkt er, wird er schlichter.
Ach, schon fällt ihm gar kein Reim
auf das Reimwort «Reim» mehr eim.

Wie tun es die anderen?

Heute: Die Inselbewohner

Man tuts auf den Komoren
mit angelegten Ohren
Man tuts auf den Lofoten
mit schräggestellten Pfoten
Man tuts auf den Kykladen
mit abgespreizten Waden
Man tuts auf den Molluken
genauso, nur im Ducken
Man tuts auf den Seychellen
an höchstversteckten Stellen
Man tuts auf den Kurilen
nach stundenlangem Zielen
Man tuts auf den Antillen
in Trance, wie wider Willen
Man tut es auf der Insel Juist
indem man durch den Schniepel niest.

Schnuffis See-Abenteuer

OB WIR JE DIE HEIMAT WIEDERSEHEN?
SEUFZ, SEUFZ
EIN SCHIFF!
WO?
DORT! ES HAT UNS GESEHEN !!!

RETTUNG NAHT!
ES HÄLT AUF UNS ZU!
OH!

NA, HABE ICH ZUVIEL VER-SPROCHEN?
NEIN, HIER IST ES HERRLICH!
GENAU DER FERIENPLATZ, DEN ICH SCHON IMMER GESUCHT HABE.
EINES WEISS ICH SCHON SICHER . . .

WAS DENN?
. . . DASS ICH MEINEN NÄCHSTEN URLAUB WIEDER HIER VER-BRINGEN WERDE!

TYPISCH JEMAN... LÄSST UNS HIER NACKT IM SCHNEE SITZEN...
UND SOWAS NENNT SICH NUN „UNSER" ZEICHNER...
FÜR EIN BISSCHEN WÄRME HAT ER JA NUN GESORGT, ABER DIESE TRISTE LANDSCHAFT...
UND IMMER NOCH KEINE KLEIDER...

O GOTT... AM MITTEL-MEER... IM TRACH-TENJANKER... WIDERLICH...
WAS DER JEMAN SICH DENKT...
JEDES KRITISCHE WORT NIMMT ER KRUMM!
JEMAN, JEMAN!
JEMAN

O, HÄTTE ICH MICH DOCH NIE AUF DIESES EXPERIMENT EINGELASSEN!
WIR WERDEN NOCH BEIDE ERSAUFEN!
UND WER IST SCHULD DARAN?
DU UND DEINE THESE, DIE INDIANER HÄTTEN AMERIKA VON KIEL AUS MIT EINER ZUCKERTÜTE BESIEDELT!
GERNHARDT 73

HERR OBER!
HERR OBER!
HERR OBER!
JA?
GERNHARDT 73
HERR OBER! LAND UNTER!

HILFE! EIN HAI!
EIN HAI!
WAS?
DORT! EIN RIESENHAI...
WO?
...NZELMÄNNCHEN...
O GOTT!
GERNHARDT

Versucht vor Florida

Wasser hat keine Balken, ich habe keine Flossen, was habe ich hier verloren. Doch die Einflüsterungen der falschen Freunde waren zu verlockend gewesen.

«Gene bereitet dir den frischesten Hummer deines Lebens, direkt an Bord», hatte der erste gesagt.

«Du wirst dir doch nicht einen Trip auf Genes Motoryacht entgehen lassen!» hatte der zweite hinzugefügt.

«Wenn man schon mal am Meer ist, muß man auch aufs Meer», hatte der dritte dreist behauptet.

«Na gut», war meine Antwort gewesen, nun bekomme ich die Rechnung für soviel Gutmütigkeit präsentiert.

O Gott, ist mir schlecht. Der Bootsrand hebt und senkt sich, hebt und senkt sich, hebt und senkt sich. Hebe ich den Kopf, so sehe ich weit entfernt die Küste Floridas, die sich hebt und senkt, hebt und senkt, hebt und senkt. Lehne ich den Kopf auf die Bootsbank zurück, sind da über mir Köpfe der falschen Freunde, die sich vor dem makellosen Spätnachmittagshimmel heben und senken, heben und senken, heben und senken. Und wo ist Gene?

Der speert gerade auf dem Meeresgrund den frischesten Hummer meines Lebens, und ich durchleide den ältesten Kummer der seefahrenden Menschheit, die Seekrankheit.

Wenn wir die See wenigstens befahren würden! Aber wir haben ja Anker geworfen und dümpeln nun hin und her, eine Nußschale in einem leicht ungehaltenen Atlantik, der mit jemandem wie mir leichtes Spiel hat, mir wird ja schon schlecht, wenn ich an einer Schaukel vorbeigehe.

«Auch einen Weißwein?» fragen die falschen Freunde und halten mir einen randvollen Plastikbecher hin. Dafür werden sie dermaleinst sehr leiden müssen, in jener Spezialhölle für Seekrankheitsverhöhner, die nicht einmal ein Dante sich auszumalen wagte: In der Trommel einer riesigen Waschmaschine werden sie sich alle wiederfinden, und die wird rund um die Uhr laufen, und ihr wird nicht Wasser, sondern lauwarmes Altöl zugeführt werden, vermengt mit Lysol und Essensresten, bedient von mitleidlosen Unterteufeln, die hin und wieder ihr «Auch einen Scheißwein?» ins unablässig rotierende Inferno schreien. Ja, die werden schon sehen, wo sie bleiben. Aber wo bleibt Gene?

Ach, daß er doch seinen schönen, gummigepanzerten Körper über die Reling wuchtete und mich hier liegen sähe. Er wüßte, was zu tun ist: Leinen los! Alle Kraft an Land! Herr Professor, dieser Mann hier hat Unsägliches durchgemacht – wird er jemals wieder richtig trinken können?

«Wo bleibt Gene?» frage ich einen der falschen Freunde, der sich gerade unbekümmert nachschenkt. Er deutet auf das Meer. Wer schon öfter mit Gene draußen gewesen sei, der wisse, daß er stets so lange unten bleibe, bis er genügend Beute gemacht habe: «Gene ist halt ein Jäger.»

Was ist Gene eigentlich nicht? Als ich ihn das erste Mal sah, bei jener Premiere im sommerlichen Deutschland, degradierte er die Umstehenden durch die Bank zu Mängelexemplaren. Wo um Himmelswillen wurden solche Männer hergestellt, aus derart kostbaren Materialien und dermaßen gut verarbeitet? Diese bronzene Haut! Diese wundersamen Löckchen, die diese Haut überzogen, bis hinein in die Ohren, unterschiedlich große, jedoch unterschiedslos perfekte Spiralen, wie ich sie bisher nur auf den Stirnen von Stieren der attischen Frühklassik gesehen hatte. Diese Herzlichkeit schließlich, mit der er alle Freunde seines Freundes, des Stars des Abends, ebenfalls zu Freunden erklärte und zu sich einlud, wobei er ihnen freilich die Qual der Wahl aufbürdete: Wohin denn nur? Ins New Yorker Penthouse? In die Farm in Pennsylvanien? In die Berghütte in Colorado? In die Villa an der Costa Smeralda? Oder in eines der beiden Häuser in Florida?

«Was für ein Mann!» hatte ich einem der Freunde des Stars zugeflüstert. «Wo gibts die?»

«Glaubst du denn ein Wort von dem, was er sagt?» war die mitleidige Antwort gewesen, und erst widerstrebend, dann fast erleichtert, sah ich Gene ins fahle Licht des Zweifels getaucht: Stimmt! Eigentlich zu schön der Ganze, um wahr zu sein. Alles Schwindel? Um so besser! War ich etwa schön und reich und liebenswürdig? Wieso dann der?

Wie schlecht ich war. Wie schlecht mir ist. Wie sich der Küstenstrich Floridas hebt und senkt, hebt und senkt, hebt und senkt, so, als zucke da ein ganzer Kontinent angewidert die Achseln über soviel Unglauben: Du hast ihn des Schwindels verdächtigt, zur Strafe wird dir selber schwindlig sein, bis es dem Verdächtigten beliebt, wieder aufzutauchen, im Fangnetz den frischesten Hummer deines Lebens.

Gene ist ein Hummerjäger, und mich kann man mit Hummer jagen, jedenfalls jetzt, jedenfalls hier. «Seht ihn an, den Hummer, trinkt er, wird er dummer» – habe ich das wirklich einmal geschrieben, lang, lang her, weit, weit weg, auf dem festen Lande, wo Trinken noch eine Freude und Hummer noch eine Speise war? Ob sie das je wieder für mich werden?

Die falschen Freunde freilich haben andere Sorgen. «Das dauert!» ruft der eine und durchstöbert die Bordküche. «Ich mach schon mal den Knabberwix hier auf!» «Cream-Crackers? Dazu passt eigentlich nur ein 89er Nappa Valley», wird ihm zur Antwort. «Auch einen?»

Die Hölle, das sind die anderen; doch in diese Hölle bin ich durch eigene Schuld geraten. Ich hatte dem Zweifelteufel den kleinen Finger gereicht, der hatte die ganze Hand genommen und ist nun dabei, mich zu wiegen und zu wiegen und zu wiegen, das Ausspeien überläßt er dann wieder mir, geschieht mir ganz recht, meine Rede sei ja, ja, nein, nein, was darüber ist, ist von Übel –

«Man ruft mich?»

Wie kommt dieser dürre Kerl plötzlich aufs Boot?

«Nein. Wieso?»

Er zuckt die Achseln und lupft sein Hütchen. Zart zittert die Hahnenfeder im Abendwind.

«Mir war janz so, als habe jemand meinen Namen anjerufen», sagt er und zupft fast verlegen an den etwas zu kurzen Ärmeln seiner grünen Joppe.

«Wer sind Sie denn überhaupt?»

«Jestatten, von Übel, Jeneralvertreter. Und was machen wir denn so? Wir werden jerade jepeinigt, stimmt's? Jut, jut, nicht stören lassen, sehen ja schon janz jrün aus im Jesicht. Und warum wird er jepeinigt? Erzählt doch mal was, Kinder!»

Wieso scharen sich die falschen Freunde derart eifrig um den Dürren? Was mögen sie ihm mitzuteilen haben? Weshalb schaut er plötzlich starr und ungläubig in meine Richtung?

«Ach was! Sie haben also Ihren Mitmenschen und Wohltäter, den Herrn Gene, der Teufelei bezichtigt?»

«Keineswegs!» antworte ich so fest es meine wacklige Lage erlaubt. «Ich habe lediglich nach seinem Pferdefuß gesucht. Ist doch menschlich.»

«Und? Jefunden?»

Aber nein. Wie denn auch, bei Genes amphibischer Lebensweise? Im Ozean des Geldes war er zu Hause, dort ließ er sich und sein Mobilphone von wechselnden Strömungen mitreißen, erwarb Zitrushaine in Texas und Weinberge in Kalifornien, Supermarktbeteiligungen und Junkbonds und stieß sie alle ab, wenn ihm sein Schweizer Gewährsmann, angeblich der bedeutendste Privatbankier dieses mit Banken gesegneten Landes, steckte, das Große Geld fließe mittlerweile in den Pacific Rim, Richtung Hongkong, Singapur, Malaysia, Kuala Lumpur –

«Aha! Diese Schiene also! Braunjebrannter, reicher, auf den ersten Blick sympathischer Schönling entpuppt sich auf den zweiten als janz jemeiner Finanzhai –»

Der Tag schickt sich an, strahlend zu enden, ich bin dabei, elend zu verenden, aber bevor es soweit kommt, will ich noch rasch meinen Frieden mit der Welt und mit Gene machen. Doch mit welchem? Wer ist eigentlich der eigentliche Gene?

Gene, der Naturfreund, der seit seiner Jugend auf dem Lande Hunderte von Gewächsen gepflanzt hat und beim Namen kennt und zugleich dazu imstande ist, eine einzelne, durch menschlichen Unverstand verdorrte Eiche zu betrauern? Gene, der Kunstfreund, der bereits als junger Student damit begonnen hatte, die damals noch preiswerten, heute hochbezahlten Indianermaler des neunzehnten Jahrhunderts zu sammeln, die Catlin, Bodmer, Bierstaedt? Gene, der Weltfreund, der nicht nur von allem den Preis wußte, sondern auch den Wert kannte? Gene, der Menschenfreund, der sich anstandslos die Küchenschürze umband, um seinen Freunden den Spezialsalat nach altitalienischem Familienrezept zuzubereiten? Gene, der Tierfreund, der keine Marlins mehr jagt, seit er nach vielstündigem, erbarmungslosem Kampf in das brechende Auge eines solchen Schwertfisches hatte blicken müssen? Eines Rekord-Marlins, nebenbei gesagt, der durch die Unachtsamkeit des Mitanglers unwiederbringlich in den Fluten der Karibik versank und mit ihm das Preisgeld von 50 000 Dollar. Oder waren bei diesem Wettangeln gar ganze 100 000 ausgesetzt gewesen?

Der reiche Mann und das Meer – warum bin ich kein Papa Gernhardt? Das alles schreit doch geradezu danach, festgehalten zu werden – warum ist hier alles so wacklig? Und warum taucht Gene nicht wieder auf? Weil er noch keine Beute gemacht hat? Oder weil er selber die Beute eines der Seeungeheuer einer seiner ungeheuerlichen Unterwassergeschichten geworden ist, des unglaublich mächtigen Tigerhais oder der unvorstellbar riesigen Muräne?

Wie viele Möwen plötzlich über mir kreisen! Gelten sie nicht als die Geier der Meere? Oder sind sie die Polizei der Wasserwüste?

In ihr Schreien mischt sich Gesang. Mit ruckartigen Bewegungen seiner dürren Arme dirigiert von Übel die falschen Freunde, die lauthals einen genefeindlichen und seekrankheitsverachtenden Kanon intonieren: «Wir haben Hunger, Hunger, Hunger, haben Hunger, Hunger, Hunger, haben Hunger, Hunger, Hunger, haben Durst. Wo bleibt der Hummer, Hummer, Hummer, bleibt der –»

Singt ihr nur so weiter! Bevor der Wasserhahn zum ersten Mal gekräht hat, werdet ihr Gene dreißigmal verraten haben, mindestens, ich aber –

Da bricht der Gesang ab. Statt dessen Getuschel:

«Jetzt wird er ironisch, unser jepeinigter Freund.»

«Das werden sie doch alle, bevor sie zu Kreuze kriechen.»

«Na, ja, Jutester, nicht diese Töne!»

«Zum Teufel – ist mir doch nur so rausgerutscht!» Streng blickt von Übel, betreten schaut der falsche Freund, die beiden anderen versuchen ein Ablenkungsmanöver: «Seht nur, Pelikane!» «Und gleich so viele!»

Vier überqueren uns im Tiefflug, wie auf Schienen gleiten sie dahin, ich aber werde gehoben und gesenkt, gehoben und gesenkt, gehoben und –

«Jeschenkt!» ruft von Übel. «Kommen wir zur Sache, werter Jepeinigter! Sie wissen vermutlich längst, wer ich wirklich bin, Sie ahnen wahrscheinlich, was ich tatsächlich will» – und er streckt mir beidhändig etwas entgegen. Ein Papier und eine Schreibfeder? Eine Papiertüte und eine Reiherfeder?

O ja, ich habe ihn gleich erkannt. Groß Macht und viel List sein grausam Rüstung ist. Ich weiß aber auch, daß ich ihn mit einer Frage auf die Probe stellen darf. Vermag er die nicht zu beantworten, so ist er gescheitert, und lediglich ein Schwefelrüchlein wird an den Versuch einer Versuchung erinnern, also frisch gefragt: «Was haben Marmor, Stein und Eisen, ein Marlinauge und ich gemeinsam? Na?»

Doch von Übel zögert nicht, ist auch besser so, denn jeden Augenblick droht mein Denkspiel Wirklichkeit zu werden: «Sie alle können brechen», antwortet er und rückt mit seinen Gaben näher. «Wobei Sie, werter Jepeinigter, es in der Hand haben, ob das auch so bleiben soll. Eine Unterschrift – und Ihnen wird nie wieder von irgendwas schlecht werden. Ist das ein Anjebot?»

«Her mit dem Wisch!» So gesammelt es geht, beginne ich zu lesen: «Ja! Ich möchte einen Schnupperpakt mit dem Teufel schließen. Dafür erhalte ich kostenlos und unverbindlich» – da regt sich letzter Widerstand.

«Eigentlich habe ich mir so einen Pakt aber etwas würdiger vorgestellt!»

«Ich finde ihn auch reichlich amerikanisch», antwortet von Übel achselzuckend. «Aber Er hat ihn nun mal so jewollt.»

«Ja, sind Sie es denn nicht selber?» will ich fragen und weiß doch bereits die Antwort. Kein Wunder, daß ich vergeblich nach Genes Pferdefuß gesucht hatte: Er ist der Pferdefuß.

«Bringen wir es hinter uns», sagt von Übel und drückt mir die Feder in die Hand. «Ihr Aujust Wilhelm jeht auf die jestrichelte Linie!»

«Ja! Ich verschreibe gern meine Seele und nehme dafür den einmaligen Gutfühl-Service in Anspruch, bestehend aus –»

Noch einmal lasse ich Papier und Feder sinken «Ja! Ja! Ja!» sage ich so spottlustig es meine marode Lage gerade noch erlaubt.

«Na ja», räumt von Übel hüstelnd ein. «Wo bleibt das Nejative? werden Sie jetzt fragen. Tja – weiß der Teufel, wo das bleibt bzw. wo das jeblieben ist. Aber die Zeiten ändern sich und wir mit ihnen, Versuchte, Versuchungen und Versucher. Gene ist der Jeist, der stets bejaht. Oder können Sie sich einen Gene vorstellen, der irgend etwas verdammt?»

Die Frage ist so abwegig, daß ich trotz meiner Übelkeit lächeln muß. Wenn jemand alles pries, und das fortwährend, dann Gene. Is that beautiful – or what?! war sein Lieblingssatz, den er je nach Anlaß nur geringfügig variierte: Super! I love it! Noch seinen schrecklichen Sturz gestern, auf Wasserskiern bei hundert Stundenkilometern, hatte er, zurückgekehrt, unter Ächzen gefeiert: «Habt ihr mich stürzen sehen? Welch ein Sturz! Seit fünfzehn Jahren bin ich nicht mehr so gestürzt. Unbelievable!»

Ihr werdet sein wie Gene – war das nicht seit unserer Jugend die Geheim- und Kardinalversuchung unserer Rasse und Klasse gewesen? Hatten wir uns nicht jahrzehntelang gegen sie gewehrt? Unser Heil in immer neuen, immer differenzierteren, auch abwegigeren Neins gesucht? Und hatte nicht trotzdem einen nach dem anderen jene schwache Stunde ereilt, in welcher er zum Augenblicke sein «Verweile doch, du bist so schön» gesagt und diese Schwachheit auch noch als Hörnerabstoßen bemäntelt hatte, als Realitätstüchtigkeit, Reife gar, ja Weisheit?

Jäh begreife ich, warum den falschen Freunden nicht schlecht wird: Weil ihnen gut ist. Kotzen kann nur der, der etwas zum Kotzen findet. Doch wer sucht schon freiwillig danach?

«Jenug jezaudert!» drängt von Übel, da beschwöre ich in letzter Not einen letzten, nur unter Mühen memorierten Gegenzauber: «Vater unser ...» Und siehe da: Er wirkt! Immer dünner wird die Gestalt über mir, immer rauchförmiger, geradezu durchsichtig, immer fester fahre ich fort: «Und führe uns nicht in Versuchung, sondern erlöse uns von dem Übel!» – und über das, was dann passierte, gibt es drei Versionen, meine, die der falschen Freunde und die Genes:

«Auf einmal kam es mir hoch – und dann habe ich vielleicht etwas zusammengereihert!»

«Auf einmal kamst du hoch – und dann hast du vielleicht etwas zusammengereihert!»

«Ich komme an der Bordwand hoch – und auf einmal reihert euer Freund vielleicht etwas zusammen! Voll auf das Hummernetz – habt ihr das gesehen? So etwas ist mir auf See noch nie passiert. Unbelievable! I love it!»

Ganz kleiner Versuch über die Angst

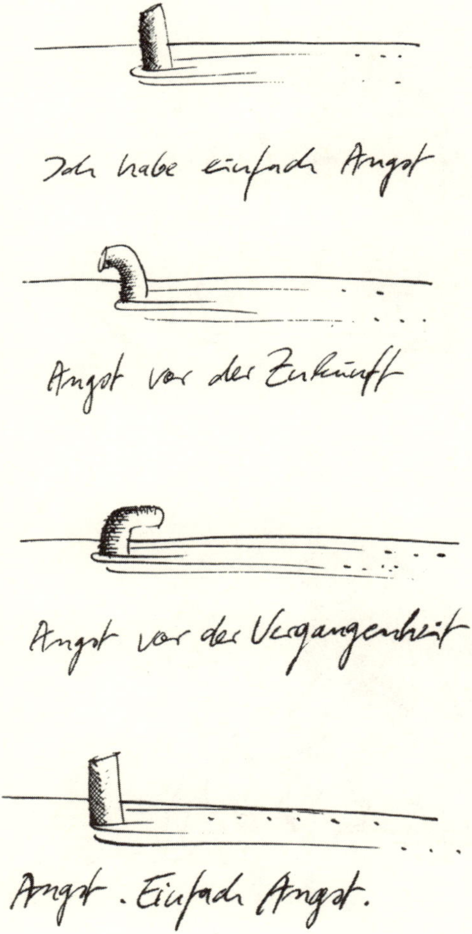

Neulich am Erie-See

Täter und Opfer

Der Täter sprach zum Opfer: „Gib mal ein Stück vom Zopf her!"

Das Opfer sprach zum Täter:
„Sag erstmal, wieviel Meter!"

Froschmann, wohin?

(Er tut sich zu der
Froschfrau schleichen

denn die ist – unter uns –
am Laichen.
Tja ...)

Letzte Ölung

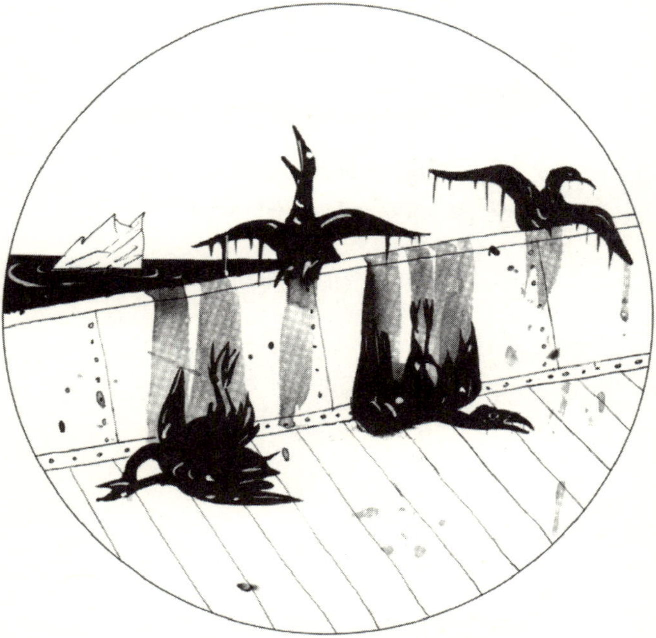

Allerletzte Ölung

Stoppt die Mörderrobben!

Zwei Berliner auf Sylt

Nach der Sintflut

Wenn ein Bademeister Urlaub macht …

Beispiel Biber

Dialog zwischen dem Dichter und Stralsund

Dichter: Hafenstadt im Abendlicht!
Stralsund (liegt still da und rührt sich nicht)
Dichter: Perle an der Ostsee Strand!
Stralsund (denkt): Halt doch den Rand!
Dichter: Niemals will ich von dir lassen!
Stralsund (brummelt): Nicht zu fassen!
Dichter: Ich erkläre frei und frank …
Stralsund (schreit): Mach mich nicht krank!
Dichter: Gott, ist diese Stadt nervös!
Stralsund (schweigt und schaut nur bös)
Dichter (lacht beim Weggang schrill)
Stralsund (übergibt sich still)

Kurznachricht

London

In Wales strandete die «Sea Empress».
Ihr wurde der Rumpf aufgerissen.
Da rollte der Tanker einen Ölteppich aus,
und den Meerestieren ging es besch…
…önigend ausgedrückt nicht mehr ganz so gut
   wie vor dem
Besuch dieser Meereskaiserin.

Geständnis

Ihr fragt nach meinem Lieblingssport?
Nun gut, es ist der Mord.

Ja, ich sag's laut, ich morde gern,
besonders, wenn es heiß ist,
und wenn das Wasser in dem See
so klar und kalt wie Eis ist.

Dann ziehe ich die Kleider aus
und springe in die Wellen,
um dort mit Karpfen, Barsch und Aal
durchs kühle Naß zu schnellen.

Ja Bürger, lache nur getrost
und bleib in deinem Bette –
ich morde derweil frisch und froh
mit Fischen um die Wette.

Wie? Was?
Ich hör' ein Widerwort?
Der Sport heißt Schwimmen?
Und nicht Mord?
Wie war das nochmal?
Schwimmen?
Moment – ihr seht mich sehr verwirrt …
Mein Gott – vielleicht hab' ich geirrt …
Doch – Schwimmen könnte stimmen.

Dreh es, o Seele

Die Stirn so feucht,
das Aug' so fahl,
so kenn ich ihn,
den Grönlandwal.

Im Nordmeer, da
ist er zuhaus,
er kommt nie aus
dem Wasser raus.

Und holt man ihn,
so sagt er knapp:
«Ihr schaufelt mir
das trock'ne Grab.»

Das Meer ist tief,
die Welt ist schlecht,
wie ihr's auch dreht –
der Wal hat recht.

Der Abschiedsbrief des Weltumseglers Heinrich Heimaz an seine Nebenfrau

Liebe Erna, mach es gut,
im Kühlschrank liegt ein alter Hut,
den kannst du dir vielleicht kochen,
das reicht für ein paar Wochen.
Daneben steht noch etwas Eis,
das mach dir auf dem Ofen heiß,
würz es mit frischem Majoran,
tu zwei, drei Pfund Gemüse dran,
schmeck es mit Chili-Soße ab
und gieß es dann auf Puschls Grab.
Iß bitte auch vom Vollkornbrot
und mach den letzten Käse tot.
Zuguterletzt ein kleiner Trost,
in der Wanne hat's noch Most,
ich aber bin jetzt lieber still,
weil ich die Welt umsegeln will,
In Liebe, Dein Weltumsegler Heinrich
Heimaz.

Der Untergang von Halberstadt

Durch Halberstadt eilt ein Geschrei,
die Bürgerschaft rennt schnell herbei.
Was geht da vor?

Die Wasserwaage ist kaputt,
und in den Wannen steigt die Flut.
Wie soll das enden?

«Ihr lieben Bürger, hört mich an,
nur eines uns noch retten kann!»
Wer ist der Redner?

Des Bürgermeisters Töchterlein,
kein andrer kann so lauthals schrein.
Weiß sie die Rettung?

Bringt mir ein ausgewachs'nes Kalb
und fragt mich nicht Wieso? Weshalb?»
Schon steht es vor ihr.

«Dies Kalb soll ausgewachsen sein?
Das ist entschieden viel zu klein!»
Schon bringt man das nächste.

«Mein Gott, bald trifft uns unser Los,
auch dies ist nicht genügend groß.»
Da kommt schon das dritte.

Ein Kalb, das in die Wolken reicht
und dessen Rist die Sterne streicht –
bringt es die Rettung?

«Maria, welch ein Riesentier!
Ich fürchte mich! Nur weg von hier!»
So schreit die Jungfrau.

Und schaudernd jagt sie querfeldein
und alle Bürger hinterdrein.
Leer ist das Städtchen.

Das Wasser steigt, das Wasser quillt,
bald ist die ganze Stadt erfüllt
von lautem Brausen.

Die Wasserwaage und den Dom
ergreift der Fluten wilder Strom,
um nur zwei Beispiele zu nennen.

Doch da! Horch auf! Ein Horn erklingt!
Ein Reiter durch die Wellen springt!
Was soll denn das schon wieder?

«Wo bist du, Ilse?» schreit er laut.
«Wo bist du bleiche, schöne Braut?»
Ja, wo ist sie?

Das ist des Reiters letztes Wort,
ein Wirbelsturm, der reißt ihn fort
nach Burgdorf an der Iller.

Von Halberstadt ist nichts zu sehn.
Das Wasser fließt, die Winde weh'n –
ist alles ausgestorben?

Nein. Aus den Wellen ragt ein Kalb,
das Aug so weh, das Fell so falb –
sprich nur, was hast du?

«Ich trage schuld an all dem Leid.
Ich trat die Wasserwaage breit.
Jetzt will ich sühnen.»

Und damit schläft es stehend ein,
trotz Sturmgebraus und Mövenschrei'n.
Wie friedlich es aussieht!

Wer dieses Lied gedichtet hat?
Ein Jäger war's aus Halberstadt.
Doch das nur am Rande.

Wortschwall

Erst tropft es Wort für Wort. Dann eint ein Fließen
Solch Tropfen in noch ziellos vagen Sätzen,
Die frei mäandernd durst'ge Ganglien netzen,
Aus welchen wuchernde Metaphern sprießen

Und wild erblühn. Und sich verwelkend schließen,
Nun Teil der Wortflut, wenn auch nur in Fetzen,
Das will vermengt zur Sprachbarriere hetzen,
Um sich von Satz zu Absatz zu ergießen,

Bis tief ins Tal. Dort füllen Wortkaskaden
Ganz ausgewaschne, sinnentleerte Becken,
In welchen doch seit alters Dichter baden.

Daß dies Bad sinnlos ist, kann die nicht schrecken:
Ein Wortschwall reicht, um die maladen Waden
Mit frischer Schreit- sprich Schreiblust zu begnaden.

Behindertes Kind am Strand

Dieses zarte Bein
und dann dieser Klumpfuß
Dieser schöne Arm
und dann dieser andre
Dieses feine Gesicht
und dann dieser Buckel
Dieses arme Geschöpf
und dann diese fröhliche Mutter.

Olbia – Livorno

Es ging die ganze Zeit an Korsika entlang,
bei steifem Wind, ich hoffe, man sagt so,
an diesem blaubehauchten, drachenhaften Land,
davor das Wasser, blendend und bewegt,
darüber hohe Wolken wie in Wartestellung,
als ob der stundenlang gezackte Rücken
sich plötzlich aus dem Wasser heben könnte
und irgend jemand müsse da sein, der ihn mäßigt,
sich allzuhoch ins Himmelsblau zu recken: Korsika,
ich bitt Sie! Wenn das nun jede Insel machen würde!

Sonne
Wonne
Brust
Lust

Wörtersee

Gleißt auch des Lebens
grelle Glut,
tut auch sein Glanz den
Augen weh –
ich schreibe. Und die
Bilderflut
verströmt, verebbt im
Wörtersee.

Bruder Otter

«Mensch, wo ist dein Bruder Otter?»
Diese Frage könnte uns alt aussehen lassen
am Ende der Tage, wenn wir
uns zu einer Antwort werden bequemen müssen.
«Was hat dir der Otter getan, Mensch?»

Mir? Nichts, Herr! Den munteren Otter
hab ich immer geliebt. Ich habe
ihn im Zoo von Jakarta gefüttert,
mit Erdnüssen. Er bettelnd hinterm Gitter,
und ich bohrte ihm den Zeigefinger
in die fordernde Vorderpfote, die sich samt Schwimmhaut
reflexhaft um die Fingerkuppe schloß. Ah!
Nie war mir der Otter lieber. Ja?

«Warum hast du nichts getan für den Otter?»

Aber ich tat doch etwas für ihn. Im Zoo von
Belem, den Riesenotter, frag ihn!
Ich warf ihm Cashew-Nüsse ins Wasser,
denen er keckernd vor Gier hinterherschoß,
um sie dann rücklings gleitend zu greifen
und sie sich schwimmend munden zu lassen.
Nie fühlte ich mich diesen Wesen so nah
wie beim Anblick des futternden Schwimmers. Ja?

«Das nennst du was tun für den Otter? Die peanuts?»

Ich tat, was ich konnte. Ich reiste dem Otter
nach bis ins Ottern-Zentrum Hankensbüttel,
wo die drei Otter mich mit dem Wärter
verwechselten und im Carree der Umzäunung
sprangen im Glauben, ich hätte Fisch im Beutel.
Dabei war Fütterung doch erst um halb eins,
und noch war es zwölf, so daß mir viel Zeit blieb,
mich der muntern Geselln zu erfreun. Haha!
Bei Gott ein Bild für die Götter. Ja?

«All deine Otter
umgeben Gitter!
Dein Bruder im Gatter
ein Bild für die Götter?»

Ach, Gott, da du selber der Schöpfer bist,
weißt du besser als ich, was gelaufen ist.
Der Bruder, den du dem Tier zugedacht,
hat es bestenfalls bis zum Vetter gebracht.
Statt zum Hüter von dem, was da keucht und fleucht,
hat's beim Vetter, wenn's hoch kommt, zum Wärter gereicht.
Wer verschuldet, daß solch ein Bastard entsteht,
trage Sorge, daß er auch wieder vergeht.
Sei du, Herr, der Retter,
lösch ihn aus, diesen Vetter,
diesen Selbstvergotter
und Allesandreausrotter:
Er oder der Otter!

«Du, Mensch, oder der Otter?»
Darauf, Herr, wird es wohl hinauslaufen.

Die Schwachheit der Wachheit

Ausgesetzt im Meer der Wachheit
winke ich den Schlafgaleeren,
doch die ziehn vorbei und scheren
sich nicht darum, daß da «Ach» schreit
irgendwer im Meer der Wachheit.

Festgetäut ans Floß der Helle
harre ich der Dunkelinseln,
doch kein Fluchen und kein Winseln
bringt mich Wachen von der Stelle,
festgetäut ans Floß der Helle.

Angespült am Fels der Frühe
träume ich vom Strand der Ruhe,
jäh gestört durch schwere Schuhe –
Vater Fleiß und Mutter Mühe
nähern sich dem Fels der Frühe:

Steig auf, Sonne, strahle, glühe!

Sternstunden der Moderne

Pablo Picasso zeichnet seine Freundin Pablo Gilot, die gerade vom fliegenden Fisch Pablo Kniebeißer ins Knie gebissen wird

Volkslied

Kommt ein Vogel geflogen
Setzt sich nieder auf mein' Hut
Hat ein Päckchen im Schnabel
Von der Mutter ein' Rettungsring.

So kann es gehen

Das Monster aus der Lagune

Es ist hart, ein Ungeheuer aus der Lagune auftauchen zu sehen und miterleben zu müssen, wie es flehentlich um Feuer bittet...

... aber noch härter ist es, mitansehen zu müssen, wie das Untier mit der nach vielen Mühen in Brand gesteckten Zigarette ...

... einfach wieder in der Lagune verschwindet.

Tiefsee-Distichon

Polare Probleme

Na bitte!

Hört ihr, wie die Robbe klagt?
„Wieso? Ich hab doch nichts gesagt!
Wo gibt's denn sowas auf der Welt...
...daß man mir Klagen unterstellt!?
Ihr Götter hört! Man hat gesagt..."
Hört ihr, wie die Robbe klagt?

Die Zeit

Alles hat seine Zeit:
Schlafen hat seine Zeit
Wachen hat seine Zeit
Trauern hat seine Zeit
Lachen hat seine Zeit
13.12
Essen hat seine Zeit
Trinken hat seine Zeit
Steigen hat seine Zeit
Sinken hat seine Zeit.

Neulich am Ufer

Die Macht des Maestro

König Knut in Nöten

Und draussen, unter den Birken, da, wo sein Auge über die Fjorde schweifen kann, wird er langsam wieder der Alte ...

„Damals mißlang mein Versuch ... doch ..."

... und noch am selben Abend stach die norwegische Flotte in See. Richtung
--- Rom!

Jonas

Hallo Leute! Jonas spricht!
Jonas, der Prophet!
Vergeßt mir meine Botschaft nicht,
die in dem Satz besteht:
Was kommt freitags auf den Tisch?
Leute, Leute! Eßt mehr...

Mitte des Lebens

Mit dem ersten Glockenton

ging der Biber in Pension.
Und die Zeit, die ihm noch blieb

folgte er dem Lustprinzip.

Im Norden

Die Sonn' geht auf.
Nein, sie geht unt.
's heißt „unter," Schatz.
Ach rutsch mir doch –
Gern Schatz. Doch wo?
Den Buckel runt.
Runter immer noch.
Ach Quatsch.

Auf Rügen

Abends

Das Meer bricht sich matt am Strand.
Vom Land bläst ein kräftiger Wind her.
Tiefblaue Schauer eilen über das Meer
und verlieren sich auf dem Weg zum Horizont.

Die Dämmerung läßt sich viel Zeit.
Immer dunkler wird das erschauernde Meer.
Zag blinkt ein Licht von weither.
Wer noch am Strand ist, beschleunigt seinen Schritt.

Bald wird das Meer tiefschwarz sein.
Schon ist der Strand fast menschenleer.
Ohne Licht macht das Meer nicht viel her,
macht nur noch «slosch», wenn es sich matt am Strand bricht.

Morgens

Rechts fabelhaftes Glänzen.
Es ist nicht anzusehen!
Dann lieber links das Blau im Blick,
vor dem schwarz Menschen gehen.

Sie werfen lange Schatten,
teils einzeln, teils zu zweien.
Ihr Weg führt sie durch Nass und Sand,
was Möwen laut beschreien.

Im Flug vier wilde Schwäne!
Es ist kaum auszuhalten:
Für einen Augenblick scheint ganz,
was heillos sonst gespalten.

Rom – New York

Als ich des Atlantiks
doch sehr großes Wasser
im Flug überquerte
im vergleichsweise
doch sehr kleinen Flugzeug,

Da legte sich letzteres
sanft auf die Seite,
und mir kippten entgegen
das gehämmerte
Meer und darüber

Unzählige kleine
– wie anders? – weiße
Wolken. Sie warfen
tiefblaue
Schatten derart aufs Wasser,

Daß das Auge jeglichen Halt verlor,
daß sich kippend mischte Dahinter-Davor,
daß der Mann am Fenster im Fluge beschwor:
Das da müßte man flugs festhalten können!

Der Wanderer

Viel hätte nicht gefehlt,
er hätte aufgeschrien.
Da lag das Meer vor ihm,
auf das die Sonne schien.
Und fliegende Fische!

So lange unterwegs,
daß er zu träumen meint.
Da liegt das Meer vor ihm,
und eine Sonne scheint
auf fliegende Fische.

Zu schön, um wahr zu sein,
er hat rasch kehrtgemacht.
Als er dann innehielt,
war Berg um ihn und Nacht.
Und heulende Hunde.

Salut

Der sprang so leichthin von der Fähre
als ob sie schon gelandet wäre
und trieb doch mitten auf dem Meere:
Erweist dem Mann die letzte Ehre!

Doppelte Begegnung am Strand von Sperlonga

Die Sonne stand schon tief.
Der Strand war weit und leer.
Schräg ging mein Schatten vor mir her,
indes der deine lief.

Du warst mir unbekannt.
Ihr nähertet euch schnell.
Dein Schatten dunkel und du hell,
so kamt ihr übern Sand.

Sehr schön und ziemlich nackt
liefst du an mir vorbei.
Da warn die Schatten nicht mehr zwei,
sie deckten sich exakt.

Wir sahn euch lange nach.
Ihr drehtet euch nicht um.
Ihr lieft, du und dein Schatten, stumm,
von uns sprach einer: Ach.

Septembersee

– Du also hast schon vor Beeren gekniet?
– Ja, ich hab schon vor Beeren gekniet.
– Erkläre dich deutlicher!

Denk dir einen Waldsee, denk dem
See ein steiles Ufer, denk dir
dieses Ufer dicht bewachsen.
Denk ihm Binse, Minze, Weide,
denk das alles schön gespiegelt –
hast du's?
– Ja.

Denk dir Mittagssonne. Denk das
Wasser leicht gekräuselt. Denk den
milden Wind. Denk der Libellen
stetes Unstetsein. Denk dazu
hoch den schrillen Schrei des Bussards –
hörst du's?
– Ja.

Denk dir einen Schwimmer. Laß ihn
mit dem Licht durchs Wasser gleiten.
Denk, wie er sich denkt: Was hängt da
derart dunkel, derart glitzernd,
derart lockend in den Fluten –
siehst du's?
– Nein.

Denk dir eine Brombeerhecke.
Denk sie zwischen Schilf und Weide.
Denk sie hart im Licht des Mittags.
Denk sie derart voll von Beeren,
daß die bis ans Wasser rühren –
siehst du's jetzt?
– Ja.

Denk den Schwimmer. Denk die Beeren.
Denk ihr Locken. Denk sein Nähern.
Denk sein Knie. Denk wie's auf Grund stößt.
Denk sein Knien. Denk wie vom Wasser
aus er zugreift. Denk sein Schwelgen.
Spürst du's?
Ja?

– So also hast du vor Beeren gekniet?
– Ja, so hab ich vor Beeren gekniet.
– Das erklärt natürlich einiges.

Dichters Dilemma

Betrachtend den Ostersee
sagte der Dichter:
«Ist es nicht furchtbar?
Beim Anblick des Sees
sag ich jedesmal das gleiche:
Er ist jedesmal anders.»

Ein Fragebogen

Was ist für Sie das größte Unglück? *Der Schwarze Tod.*
Wo möchten Sie leben? *Im Eldorado.*
Was ist für Sie das vollkommene irdische Glück?
Bekannt zu sein wie ein bunter Hund.
Welche Fehler entschuldigen Sie am ehesten?
Die der Grünschnäbel.
Ihre liebsten Romanhelden? *Der Grüne Heinrich.*
Ihre Lieblingsgestalt in der Geschichte? *Barbarossa.*
Ihre Lieblingsheldinnen in der Wirklichkeit?
Rosa Luxemburg.
Ihre Lieblingsheldinnen in der Dichtung?
Scarlett O'Hara.
Ihre Lieblingsmaler? *Grünewald.*
Ihr Lieblingskomponist? *Verdi.*
Welche Eigenschaften schätzen Sie bei einem Mann am meisten? *Daß ihm noch vor etwas graut.*
Welche Eigenschaften schätzen Sie bei einer Frau am meisten? *Daß sie noch erröten kann.*
Ihre Lieblingstugend? *Weisheit.*
Ihre Lieblingsbeschäftigung? *Blaudereien am Karmin.*
Wer oder was hätten Sie sein mögen? *Arthur Rubinstein.*
Ihr Hauptcharakterzug? *Preußisch-Blau.*
Was schätzen Sie bei Ihren Freunden am meisten?
Daß ihnen vor mir nicht graut.
Ihr größter Fehler?
Daß ich so häufig preußisch bin und so selten blau.

Ihr Traum vom Glück?
Weiße Weihnacht an der Côte d'Azur.
Was wäre für Sie das größte Unglück? *Farbenblindheit.*
Was möchten Sie sein? *Ein rotierender Grüner.*
Ihre Lieblingsfarbe? *Schmöll.*
Ihre Lieblingsblume? *Goldlack.*
Ihr Lieblingsvogel? *Die gelb-grüne Zornnatter.*
Ihr Lieblingsschriftsteller? *Joseph Roth.*
Ihr Lieblingslyriker? *Die Blues-Barden.*
Ihre Helden in der Wirklichkeit?
Die Männer von Greenpeace.
Ihre Heldinnen in der Geschichte?
Die Frauen vom Roten Kreuz.
Ihre Lieblingsnamen? *Bianca, Violetta, Bruno.*
Was verabscheuen Sie am meisten? *Grausamkeit.*
Welche geschichtlichen Gestalten verachten Sie am meisten? *Nero und den Mann aus Braunau.*
Welche militärischen Leistungen bewundern Sie am meisten? *Die Teilung des Roten Meeres.*
Welche Reform bewundern Sie am meisten?
Die Freiheitsbewegungen der Farbigen.
Welche natürliche Gabe möchten Sie besitzen?
Alles versilbern zu können.
Wie möchten Sie sterben? *Hellsichtig.*
Ihre gegenwärtige Geistesverfassung?
Und nun geht's umbra, umbra, umbra täterää.
Ihr Motto? *Ich weiß, daß ich nichts weiß.*

Kindheit

An Wasserläufen gehen Kinder entlang, die Verwünschungen ausstoßen. Die Schatten noch fast unbelaubter Bäume werfen ein Netz über sie. Die Eltern folgen in gehörigem Abstand, erfüllt von einer wärmenden Gewißheit: Die entkommen uns nicht.

Selber im Netz, führen sie Gefangene spazieren. Selber gefangen, spielen sie sich als Wärter auf.

Am Teich schließlich fand man die Eltern in unguter Haltung. In ihren Mundwinkeln blühte ein Rot, das der Jahreszeit weit voraus war. Die Kinder hockten nicht weit von ihnen und gaben vor, Abzählverse zu murmeln:

Stripp, strapp, strull, wir haben die Brücken abgebrochen. Strull, strapp, stripp, von nun ab machen wir, was wir wollen.

Am See

Mittagsstunde. Sommerfriede.
Seelenruhe. Märchenwetter.
Alles schweigt, und nun verstummen
Selbst die Silberpappelblätter.

Fast zu unbewegt dies Inbild.
Dieser Inbegriff zu leise.
Wärn da nicht der Sprung des Fisches
Und des Wassers leichte Kreise.

Ocean Drive

I
Muß dort ein Seegang herrschen!
Der Horizont gezackt,
indes sich hier am Strande
die Welle seufzend bricht
und zwischen hier und hinten
der Pelikan im Flug
nur handbreit überm Wasser
mitreißend segelt.

Dahinten wär ich ungern.
Hier, wo ich bin, ist's fad,
Daß ich nicht der dazwischen sein kann,
weiß ich, und doch schmerzt es.

II
Wer hat angesichts des Meeres
nicht schon selber tief empfunden:
Angesichts des Meers erlebst du
deines Daseins höchste Stunden,
da sich angesichts des Meeres
auch das Herz der Seele weitet
und den Mantel der Gefühle
über die Begriffe breitet
und sie eint: Es sind das Helle,
Dunkle, Fahle, Harte, Weiche,
Schöne, Fade, Platte, Tiefe
angesichts des Meers das Gleiche.

Die Vögel

Manchmal da denke ich an die Vögel Floridas,
An die vier Pelikane im Aufwind zum Beispiel,
minutenlang ohne Flügelschlag in stets gleicher Höhe
vor dem dreizehnten Stockwerk des Marriott's Beach Hotel.
Wer da aus dem dreizehnten Stockwerk hinausgeschaut hätte,
der hätte den vieren Aug in Aug dabei zuschaun können,
wie sie ins dreizehnte Stockwerk hereingeschaut hätten,
minutenlang.

Oder der Fischadler überm Sunrise Boulevard.
In den Klauen den frischgefangenen, noch zappelnden Fisch,
flog er zielstrebig Richtung Norden. Als käme er
vom Einkauf, wie wir, die wir uns gerade im Supermarket
mit Junk-food eingedeckt hatten, mit pappigem Brot,
faden Tomaten, wäßrigem Obst, Muffins im Dutzend,
mäßigem Weißwein und Dosensuppen. Wieviel verlockender doch
catch of the day.

Nicht zu vergessen den Großen blauen Reiher.
Nach ganzen elf Jahren sah ich ihn wieder fliegen.
Kaum daß ich bei Royals Palms die Everglades betreten hatte,
war er zur Stelle. Wie damals, als wir fast ergriffen
uns anstießen: Da fliegt doch der Große blaue Reiher!
Nun flog er wieder, doch nichts war wie damals:
Es sind die Toten, ach, es ist die Tote
nicht zu vergessen.

Wie das ikarische Meer zu seinem Namen kam
oder
Wenn der Vater mit dem Sohne
oder
Die wirklich wahre Geschichte von Ikarus und Daedalus

Da die Geschichte von Ikarus und Daedalus bisher immer verfälscht wiedergegeben worden ist, soll hier einmal die Wahrheit erzählt werden.

Denn es war keineswegs so, daß Ikarus entgegen den Warnungen seines Vaters so hurtig der Sonne entgegenstrebte, daß diese das Wachs seiner Flügel zum Schmelzen brachte und er darauf jämmerlich ertrank. Wie jedes Kind weiß, wird es in den höheren Luftschichten immer kälter, und tatsächlich ist jene Version nachträglich von Daedalus erfunden worden, um den Leuten zu erklären, wo sein Sohn geblieben sei.

Ikarus nämlich, der Jahre mit seinem Vater im Labyrinth gelebt hatte, war der ständigen Bevormundung müde und flog seinem schon ergrauten Vater einfach davon. Denn zu allen Zeiten schon wollte die Jugend ihr eigenes Leben leben.

Der väterlichen Obhut entronnen, hielt Ikarus Kurs auf Tarent, landete dort und begann unverzüglich das ausschweifendste Lasterleben, das man sich nur denken kann. Dabei kam es ihm anfangs zugute, daß er stets seine Flügel bei sich trug und sich so jeder Bezahlung pfeilschnell entziehen konnte. Doch bald verlor er, vom vielen Trinken und Huren geschwächt, die Kondition und seitdem er einmal völlig betrunken gestartet und gegen eine Hauswand geprallt war, beschränkte er sich darauf, Reisende anzubetteln und kleinere Diebstähle zu versuchen. Dabei geschah es, daß er eines Tages einen Fremden bestahl, der sich jedoch blitzschnell umdrehte und ihn festhielt. Es war sein Vater Daedalus. «Ikarus», sagte dieser betroffen, und sein Sohn schwur auf den Knien, sich von Stund an zu bessern. Sein Vater nahm ihn zu sich, doch nach zwei Tagen war der Sohn schon wieder ausgerissen. Nach langem Suchen fand ihn der Vater im verworfensten Haus des ganzen Hafens. «Ikarus», sagte er, «ich werde Dich einsperren müssen.» Doch sein Sohn floh wiederum, und sein Vater holte ihn endlich aus einer Kaschemme, wo er gerade seinen Rausch ausschlief. «Es muß sein», sagte er hart, fesselte seinen Sohn und baute zwei Monate an dem sinnreichsten Labyrinth, das er je erdacht hatte. Dann führte er Ikarus hinein. «Hier wirst Du jetzt bleiben», sagte er. «Trinkwasser ist in diesem Brunnen, Nahrung wird Dir täglich hineingeworfen. Mach's gut.»

Und mit Hilfe eines Wollfadens fand er den Ausgang des Labyrinths, ohne auf die Hilferufe seines mißratenen Sohnes zu hören.

Seitdem aber saß Daedalus, und hierhin hat die Überlieferung wieder recht, trauernd am Meer. Jedem, der nach dem Grund seiner Trauer fragte, erzählte er die noch heute bekannte Geschichte vom Tod seines Sohns, der sich mit seinen Flügeln der Sonne genähert habe und dabei in das Meer gestürzt sei. Es ist verständlich, daß Daedalus dies tat. Denn zu allen Zeiten haben Väter versucht, die Schande ihrer Söhne zu verbergen. Die Leute aber glaubten ihm, er wurde von allen, die von seinem Unglück hörten, bedauert, und das Meer, an dem er saß, heißt bis auf den heutigen Tag das «ikarische».

Das Problem Albatros

Kann der 55jährige wirklich alle Tiere zeichnen? «Alle außer den Schalentieren, und, leider, den Albatros», verrät er und erzählt: «Ein Bekannter von mir wünschte sich einmal diesen Vogel. Das war peinlich. Er kam mit der alten Ausgabe vom ‹Wörtersee›, der kostbaren Erstausgabe von Zweitausendeins, einer Rarität, und ich verhaute meinen Albatros. Ich sagte ihm, das nächste Mal kann ich es, und dann kam er mit einem anderen Buch, und da war ich immer noch nicht ganz Albatros-fit und machte etwas Halbherziges. Ich habe dann den Albatros heimlich gezeichnet und geübt. Jetzt warte ich darauf, daß jemand kommt, der einen Albatros haben will, aber jetzt kommt keiner mehr.»

Aus der Zeitschrift «natur», Heft 10/92

Hier irrt Gernhardt. Der Wunsch nach einem Albatros wurde in den Folgejahren wieder und wieder laut und führte zu folgendem

Gutachten

Vor mir liegen elf Darstellungen, welche Robert Gernhardt auf Wunsch von Herrn Niko Hansen in vom Zeichner verfaßte Bücher gezeichnet und – fast – durchweg als «Albatross» gekennzeichnet hat. Nach eingehender Prüfung bin ich zu folgender Bewertung gekommen:

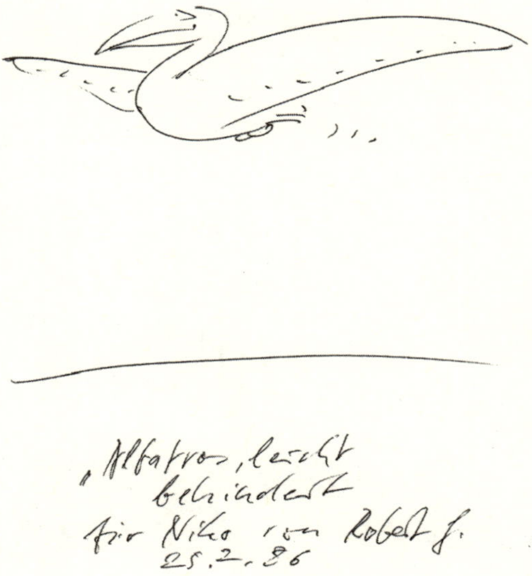

Zu Versuch Nr. 1: «Albatros, leicht behindert» nennt der Zeichner sein Werk aus dem Jahr 1986; er hätte das «leicht» leicht gegen «schwer» austauschen können. Diesem feisten, den Hals geierhaft zurückbiegenden Flugtier fehlt aber auch alles, was Schönheit und Schwung des Albatros ausmacht.

Zu Versuch 2 und 3: «Versuch» hat Gernhardt jene Spottgeburten aus dem Jahre 1987 untertitelt, die eher an eine Kreuzung zwischen Kondor und Fledermaus (2) bzw. Dronte und Haushuhn (3) erinnern.

Zu Versuch 4: 1993 wagt der Zeichner einen weiteren Anlauf, und siehe da: Zumindest guter Wille ist ihm ebensowenig abzusprechen wie wachsendes Problembewußtsein: «Schwerer Vogel!»

Versuche 5 bis 9: Welch ein Rückfall! «Albatrosse» nennt der Zeichner das, was bestenfalls als «Alber-Trosse» durchgehen dürfte: mutwillige Verhöhnungen eines hinreißenden Vogels.

Zu Versuch 10: Er stammt aus dem Jahr 1999 und erübrigte jeden Kommentar, hätte der Zeichner seine Mißgeburt als «Albatross» bezeichnet. Das aber hat er wohlweislich unterlassen. Von fremder Hand (Annegret Held) wurde die Klassifizierung «Dieses ist eine polnische Flugente» hinzugesetzt. Dem ist nichts hinzuzufügen.

Zu Versuch II: Ente gut, alles gut? Fast möchte es angesichts der Zeichnung aus dem Jahre 2000 so scheinen: Aus den feisten bodenverhafteten Laufvögeln der vorangegangenen Versuche ist wieder ein Flugvogel geworden

– doch was für einer! Ein x-beliebiger Seevogel, weit mehr Möwe denn Albatros. Auf jeden Fall kein Tier, das auch nur entfernt die stolze Bildlegende des Verursachers rechtfertigte: «Nico! Schau! Ein Albatross!» «Ich glaub, du hast recht, Robert!»

Unrecht hat er, der Zeichner, auch wenn er im überprüften Zeitraum 1986 bis 2000 dem Albatros ein wenig nähergekommen sein dürfte. «Näher» ist zwar die Steigerungsform von «nah», jedoch paradoxerweise das Gegenteil von gesteigerter Nähe, also dem Nah-Sein.

Fazit: Als Mensch und Zeichner ist Robert Gernhardt dem Thema Albatros weder gewogen noch gewachsen. Seine Bewerbung, ihm aufgrund seiner Arbeiten die Albatros-Klasse der Abendakademie Aalen anzuvertrauen, muß ich mit der arschklaren Absage «Aber, aber!» abschmettern.

Gez. Norbert Gamsbart, Albatros-Archivar

Scheiternde Hunde (Folge 17)

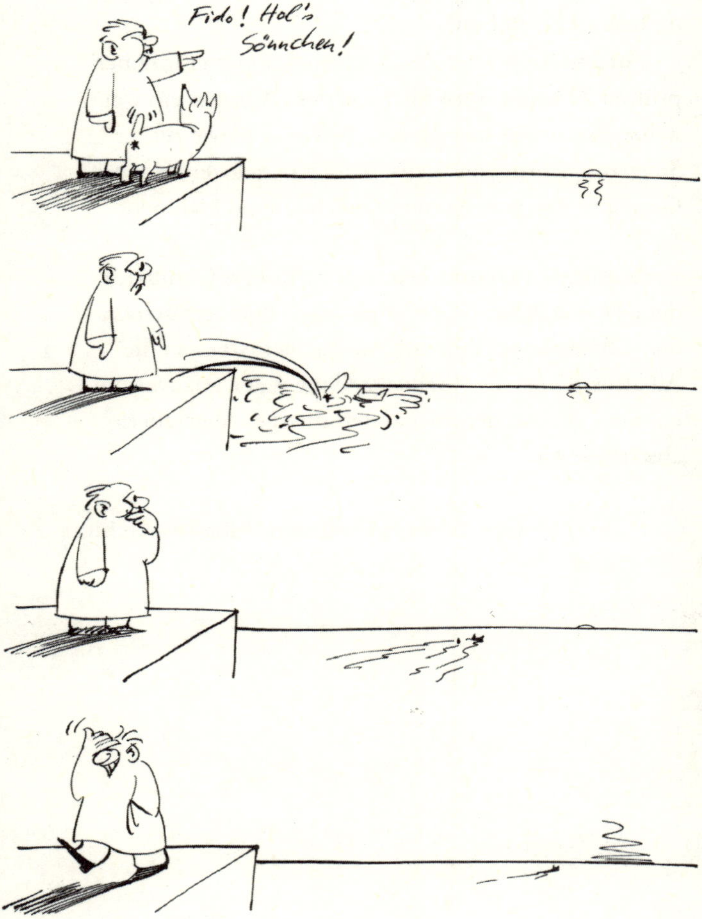

Schweinchens Problem

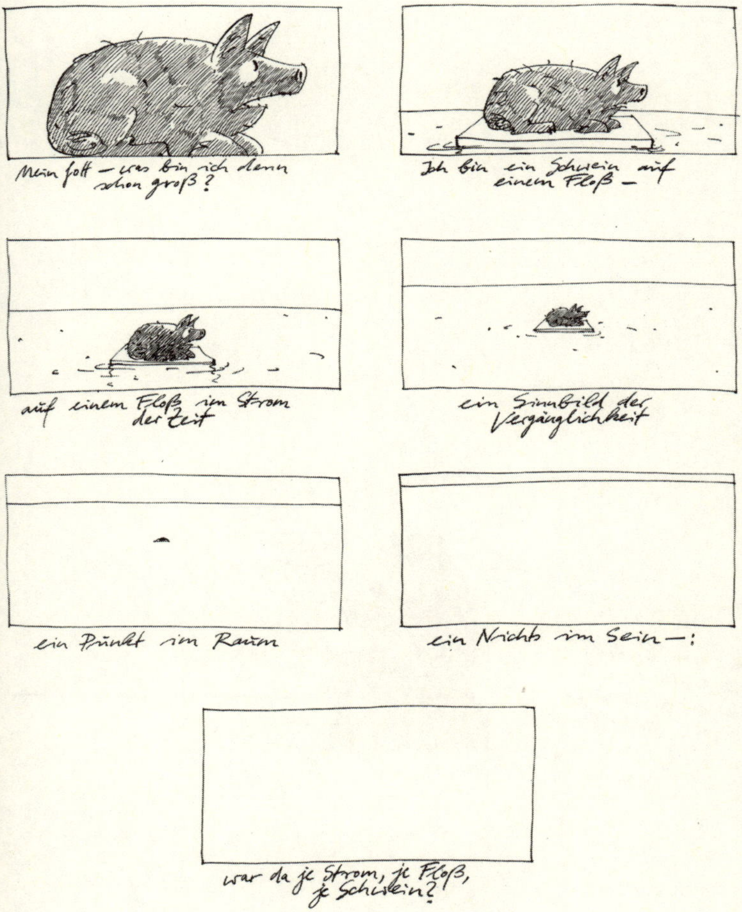

Aus einem Bärenbuch

mareBuchVerlag

FETTSTRASSE 6
D - 20357 HAMBURG
TEL: +49 40 - 430 954 59
FAX: +49 40 - 430 954 67
info@marebuch.de

Denis Scheck
Merowingerstr. 9
50677 Köln
Tel. 0171-
Fax: 0221-
scheck@compuserve.com

Herrn
Robert Gernhardt

Köln, 9.8. 2001

Lieber Robert Gernhardt,

ich schreibe Ihnen heute quasi im Matrosenanzug, um Sie über ein neues Projekt zu informieren und herzlich einzuladen, dabei mitzutun. Könnten Sie sich vorstellen, für unsere Bibliothek eine maritime Auswahl aus Ihrem bisherigen Schaffen zusammenzustellen, vielleicht vermehrt um ein kurzes Vor- oder Nachwort zur Klärung der Frage, wann Dichter baden gehen oder Schiffbruch erleiden? Ich wüßte keinen schöneren Anfang für unser Unternehmen.

Herzliche Grüße in die Toskana,

mareBuchVerlag

FETTSTRASSE 6
D - 20357 HAMBURG
TEL: +49 40 - 430 954 59
FAX: +49 40 - 430 954 67
info@marebuch.de

Die mare Bibliothek

Seit Homers Zeiten ist das Meer eine Projektionsfläche für Sehnsüchte, Alpträume, Wunschvorstellungen und Zuschreibungen aller Art. Das Meer ist das ganz Andere, das Gegenteil der terra firma unserer Konventionen und sicher gewähnten Glaubenssätze, ein Ort des Ausgeliefertseins an die Elemente und der existenziellen Bewährung, aber auch ein Ort des Massentourismus und der industriellen Nutzung.

Am Anfang der abendländischen Literatur standen Geschichten vom Meer: ob in der Odyssee, im Gilgamesch-Epos oder in den Büchern der Bibel. Das Meer hat uns mit Wassermännern und Seejungfrauen vertraut gemacht und so faszinierende Charaktere beschert wie Kirke, Jonas, Robinson Crusoe, Kapitän Ahab, Long John Silver, Lord Jim oder Kapitän Nemo. Alle diese Geschichten vom Meer wollen neu und anders erzählt werden, in eine Gegenwart übersetzt, für die das Meer scheinbar keine Überraschungen mehr bietet, obwohl uns der Grund des Meeres immer noch fremder ist als die Krater des Mondes.

Die *mare Bibliothek* bietet zeitgenössischen Autoren ein Forum, über das Meer zu schreiben. Dabei ist der Begriff "Meer" so weit gefasst, dass Shakespeares Bild von Böhmen am Meer ebenso darin Platz finden könnte wie Rimbauds Poème de la Mer oder Kafkas Vorstellung vom gefrorenen Meer in uns. Ob Stewart O'Nan von einer Arbeiterin in einer amerikanischen Zulieferfabrik für U-Boot-Werften im Zweiten Weltkrieg erzählt, Colum McCann von deutschen Seeleuten in Irland, Nicholas Shakespeare von den Küsten Tasmaniens oder Thomas Hettche von einer grausamen Tradition der Massenvergewaltigung im Venedig der Renaissance, alle als Welterstveröffentlichungen in der *mare Bibliothek* erscheinenden Bücher lassen sich auf das Abenteuer ein, neue Geschichten vom Meer zu erfinden.

Bloße Urlaubslektüre für passionierte Hobbysegler soll dabei nicht entstehen. Die Konzeption von Nikolaus Hansen, Verleger des *mareBuchVerlags*, und Denis Scheck, Herausgeber der *mare Bibliothek*, wendet sich daher auch an die breite Leserschaft und nicht an ein Fachpublikum. Die jährlich vier bis sechs in der *mare Bibliothek* erscheinenden Titel werden nicht nur inhaltlich, sondern auch durch ihre äußere Gestaltung aus der Bücherflut herausragen. Ebenso große Sorgfalt wird auf die Qualität der Übersetzungen verwendet, weshalb die Namen der literarischen Übersetzer (wie in anderen europäischen Ländern längst üblich) in der *mare Bibliothek* dort stehen, wo sie hingehören: auf dem Umschlag. Zudem ist die *mare Bibliothek* offen für sämtliche literarischen Formen. Neben Romanen, Novellen und Erzählungen werden gewiss auch jene semidokumentarischen Schreibweisen anzutreffen sein, die für die Gegenwartsliteratur mehr und mehr an Reiz gewinnen: sei es die Collage, der literarische Reisebericht, das Tagebuch und nicht zuletzt der klassische Essay – und so gibt es naturgemäß keinerlei Umfangsbeschränkung für die Texte.

Denis Scheck
Herausgeber

Nikolaus Hansen
Verleger

Robert Gernhardt
z.Zt. 52022 Cavriglia AR/ Loc. Montaio
16.8.2001

Lieber Denis Scheck ,

schönen Dank für Ihr Fax und eine Frage vorab : Wissen Sie, daß "Deniz" - ich hoffe, die Schreibweise ist richtig - auf türkisch "Meer" bedeutet ?
Sodann : " Eine maritime Auswahl aus meinem bisherigen Schaffen " - die fiele leider sehr dünn aus. Leider, weil ich am Meer zur Welt gekommen bin (Reval), und weil ich das Meer verehr. Doch ein unerfindliches Schicksal hat mich sowohl in Deutschland wie in Italien an Punkte gebannt, die so meerfern wie möglich sind - zumindest gilt das für Italien, wo es , vermute ich, nur wenige Orte auf dem Stiefel selber geben dürfte, die weiter vom Meer entfernt sind als unser Montaio : rund 150 km sowohl zur Adria wie zum Tyrrhenischen Meer. Da ich aber nun ein realistischer Künstler bin, einer, der nur über Dinge schreibt, die er kennt oder vor Augen hat, taucht das Meer bei mir so gut wie nie auf - sofern eine Wassermasse das überhaupt vermag : Auftauchen.

Bis auf eine Erzählung, " Seekrank vor Florida", die ich für den maritimen Haffmans Raben geschrieben habe , erinnere ich kein Werk aus meiner Feder, das sich ernstlich des Meeres angenommen hätte. Freilich fehlen auch die Berge so gut wie ganz, die richtig hohen Berge mein ich.
Schade, daß Sie nicht für den "toscanaBuchVerlag arbeiten ! Da hätte ich einiges anzubieten. So aber ...

Mit den besten Wünschen für das einleuchtende Projekt und herzlichen Grüßen an Niko Hansen und Sie

Robert Gernhardt

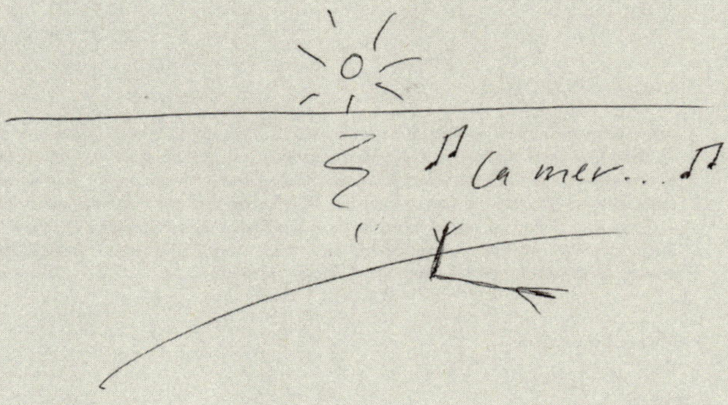

mareBuchVerlag

FETTSTRASSE 6
D - 20357 HAMBURG
TEL: +49 40 - 430 954 59
FAX: +49 40 - 430 954 67
info@marebuch.de

Denis Scheck
Merowingerstr. 9
50677 Köln
Tel. 0171-8385687
Fax: 0221-3100135
scheck@compuserve.com

Büro: Deutschlandfunk
Raderberggürtel 40
50678 Köln
Tel. 0221-345-1551
Fax 0221-3454903

Herrn
Robert Gernhardt

Köln, 8.10.2001

Lieber Robert Gernhardt,

vielen Dank für Ihren freundlichen Brief und den Hinweis auf die etymologischen Wurzeln meines Tuns: dann erfülle ich mit der Herausgabe der „mare Bibliothek" im Grunde also nur ein Programm, das am Tag meiner Taufe geschrieben wurde? Verfluchter Determinismus ... Jedenfalls ließ Nikolaus Hansen und mir Ihre Bemerkung, daß das Meer und andere Gewässer in Ihrem Werk kaum vorkämen, keine Ruhe. Anbei finden Sie das Ergebnis unserer literarischen Wünschelrutengänge. Sicher werden wir uns auf der Buchmesse sehen und können dort über die spektakulären Quellenfunde sprechen.

Mit herzlichem Gruß,
Ihr

Denis Scheck

Quellenverzeichnis

Albatross, 2.& 3. Versuch
Albatross, leicht behindert
Albatrosse für Niko
Briefwechsel zur Entstehung von «Meer von Robert Gernhardt»
Der Albatross-Schnabel geht so
Gutachten
Muttchen, komm bald wieder
Nico! Schau! Ein Albatross!
Polnische Flugente
Erstmals veröffentlicht in diesem Band.

Wie das ikarische Meer zu seinem Namen kam
oder
Wenn der Vater mit dem Sohne
oder
Die wirklich wahre Geschichte
von Ikarus und Daedalus
Aus: Ministory. Frankfurt am Main, 1965.
Bärmeier und Nikel Verlag.

Schnuffis Abenteuer:
Herr Ober! Land unter!
Hilfe! Ein Hai!
Na, habe ich zuviel versprochen?
O, hätte ich mich doch nie auf dieses Experiment eingelassen
Ob wir je die Heimat wiedersehen?
Sieh, da geht die Sonne auf
Typisch Jeman ...
Aus: Gernhardt, Robert: Welt im Spiegel: WimS 1964–1976.
Frankfurt am Main, 1979. Zweitausendeins.

Ebbe und Flut
Folgen der Trunksucht
Geständnis
Hokusai
Schwanengesang
Stunde der Wahrheit
Täter und Opfer
Umgang mit Tieren aus der Tiefe
Volkslied
Wie tun es die anderen?
Wörtersee

Aus: Gernhardt, Robert: Wörtersee.
Frankfurt am Main, 1981. Zweitausendeins.

Das Problem Albatros

Aus: Zeitschrift Natur, Heft 10/1992

Beispiel Biber
Froschmann, wohin?
Schweinchens Problem
So kann es gehen
Tiefsee-Distichon

Aus: Gernhardt, Robert: Hier spricht der Dichter.
120 Bildgedichte. Reinbek bei Hamburg, 1994. Rowohlt Verlag.

Versucht vor Florida

Aus: Der Rabe Nr. 39. Zürich, 1994. Haffmans Verlag.

Ein Fragebogen

Aus: Gernhardt, Robert / Heinrich-Jost, Ingrid (Hrsg.):
Über alles: Ein Lese- und Bilderbuch. Frankfurt am Main, 1996.
Fischer Taschenbuchverlag.

Bruder Otter
Dichters Dilemma
Die Schwachheit der Wachheit
Kurznachricht
Olbia – Livorno
Salut
Septembersee
Aus: Gernhardt, Robert: Lichte Gedichte.
Zürich, 1997. Haffmans Verlag.

Allerletzte Ölung
Aus einem Bärenbuch
Badefreuden
Das Monster aus der Lagune
Die Macht des Maestro
Die Zeit
Ganz kleiner Versuch über die Angst
Im Norden
Jonas
König Knut in Nöten
Letzte Ölung
Magritte am Meer
Mitte des Lebens
Na bitte!
Nach der Sintflut
Neulich am Erie-See
Neulich am Ufer
Polare Probleme
Scheiternde Hunde (Folge 17)
Sommererinnerung
Sternstunden der Moderne
Stoppt die Mörderrobben!
Strandbegegnung
Wenn ein Bademeister Urlaub macht …
Zwei Berliner auf Sylt
Aus: Gernhardt, Robert: Vom Schönen, Guten, Baren.
Bildergeschichten und Bildgedichte. Zürich, 1997. Haffmans Verlag.

Der Abschiedsbrief des Weltumseglers
Der Untergang von Halberstadt
Dialog zwischen dem Dichter und Stralsund
Dreh es, o Seele
Ein Stranddueтт

Aus: Gernhardt, Robert / Bernstein, F. W.: Besternte Ernte. Gedichte. Frankfurt am Main, 1997. Fischer Taschenbuchverlag.

Am See
Aus dem Buch der Wandlungen
Behindertes Kind am Strand
Bilden Sie mal einen Satz mit …
Der Wanderer
Doppelte Begegnung am Strand von Sperlonga
Drei das Meer betreffende Nachrichten
aus der Zeitschrift WimS («Welt im Spiegel»)
Kindheit
«Reim Dich …»
Wortschwall

Aus: Gernhardt, Robert: Reim und Zeit & Co. Gedichte, Prosa, Cartoons. (Reihe Reclam). Leipzig, 2000. Reclam.

Delphin

Aus: Delphine. Frankfurt am Main, 2001. Insel Taschenbuchverlag.

Auf Rügen
Die Vögel
Ocean Drive
Rom–New York

Aus: Gernhardt, Robert: Im Glück und anderswo. Gedichte. Frankfurt am Main, 2002. S. Fischer Verlag.

Inhaltsverzeichnis